Le maître de piano

Castor Poche
Collection animée par
François Faucher, Hélène Wadowski,
Martine Lang, Cécile Fourquier et Céline Vial

Titre original :

PLAY TO THE ANGEL

À Randy,
Pour m'avoir aidée à utiliser l'ordinateur
et avoir trimballé le caméscope
dans toutes les rues de Vienne.
Et surtout, pour avoir cru en moi.

Une production de l'Atelier du Père Castor

MAURINE F. DAHLBERG

LE MAÎTRE DE PIANO

Traduit de l'anglais
par Myriam Borel

Castor Poche Flammarion

Chapitre I

— Nina, pour l'amour du ciel, arrête ce bruit tout de suite !

Aussitôt, je fis un bond en arrière, les doigts suspendus au-dessus du clavier, comme si les touches étaient devenues incandescentes.

— Je suis désolée, Mutti ! Tu t'étais endormie. Je pensais qu'en fermant soigneusement la porte de ta chambre tu ne serais pas dérangée par la musique.

Comme toujours, lorsqu'elle avait la migraine, ma mère avait le teint blafard. Ses longues tresses de cheveux noisette, qu'elle enroulait d'habitude en un casque soyeux autour de sa tête, pendaient, ternes et molles, dans le dos de sa chemise de nuit. Elle gardait les yeux mi-clos, comme si elle ne supportait plus la lumière.

D'un geste brusque, elle arracha du pupitre mon précieux recueil des sonates de Scarlatti.

— Ces partitions appartenaient à ton frère ! Il y a son nom sur la couverture ; tu as été les chercher au grenier ?

— Oui ! J'ai descendu toutes celles que je voulais étudier.

Mutti fronça les sourcils.

— Tu as bien refermé les malles, au moins ? Tu sais qu'il y a une fuite dans le toit ; je ne voudrais pas que l'humidité du grenier endommage les partitions de Johann !

— Oui, Mutti.

Je brûlais d'envie de lui crier : « Tu n'as qu'à pas les laisser moisir au grenier ! » Mais je n'ai pas osé. Mutti était déjà souffrante ; ce n'était pas la peine d'en rajouter.

Les traits de son visage se détendirent légèrement. En me tapotant l'épaule, elle murmura :

— Pardonne-moi, ma chérie, je ne voulais pas t'interrompre. Tu comprends, j'avais enfin réussi à trouver le sommeil, et tu t'es mise à tambouriner sur ce piano... C'était insupportable !

Tambouriner ! Mutti n'aurait pas pu choisir de mot plus blessant. Bien sûr, lorsqu'on a la migraine, la moindre mélodie peut sembler assourdissante au piano. Enfin, tout de même... Je l'avais bien jouée, cette sonate – pas aussi bien que Johann, d'accord. Mais j'en étais néanmoins satisfaite. Dans ma tête, je me voyais déjà sur la scène du Musikverein, le plus beau théâtre de Vienne, devant une foule ébahie par la subtilité de mon interprétation. « Bravo ! Quelle grâce ! » criait le public, dans un tonnerre d'applaudissements.

Adieu, la jeune et belle soliste de talent, adulée dans le monde entier par des milliers d'admirateurs... Me voici de nouveau cette simple fillette de douze ans, avec ses joues rondes, ses nattes blondes, et la tête pleine de grands rêves...

Mutti gémit en jetant un œil sur l'horloge du salon :

— Mon Dieu, déjà l'heure de ma partie de bridge chez Ilse von Prettin ! Je ne vais pas pouvoir m'y rendre, avec cette migraine. J'ai l'impression que mes tempes sont prises dans un étau ! Et pour couronner le tout, il paraît qu'il va neiger !

— Oui, je l'ai entendu à la radio ! Ils ont

prévu ça pour cette nuit ! C'est chouette ! J'espère que ce sera la plus belle chute de neige de l'année 1938 !

— Je déteste la neige, a soupiré Mutti.

Je l'ai regardée, sidérée. Elle avait toujours adoré ça ! L'hiver dernier, je me souviens, nous avions toutes les deux joué avec Johann dans la cour. « Encore un bonhomme de neige ! Les gens n'ont aucune imagination, avait-il dit. Pourquoi pas une grosse oie, pour changer ? Puisqu'il fait un froid de canard… » Alors, on avait fait la plus belle oie de neige jamais vue sur terre, ronde à la base, et surplombée d'un long cou gracieux. Mutti avait même trouvé, au fond de ses tiroirs, deux boutons de bottines noirs et brillants pour les yeux. Pour s'amuser, elle nous avait photographiés, assis l'un derrière l'autre sur le dos glacé de l'oiseau. Les joues cramoisies, elle grelottait, mais elle avait ri autant que nous ce jour-là.

Difficile de croire que c'était la même femme qui se tenait aujourd'hui le front entre les mains, le visage crispé de fatigue.

— À mon avis, Hilde acceptera certainement de me remplacer. Mais comment la joindre ? Notre téléphone est encore en panne ! Ma chérie, voudrais-tu avoir la gentillesse d'aller le lui demander toi-même ?

J'acquiesçai. J'aimais bien Frau Vogel. Longtemps avant ma naissance, elle avait perdu son mari au cours de la Grande Guerre. C'était maintenant la meilleure amie de Mutti, bien qu'elle ait quinze ans de plus ; Mutti lui racontait tous ses problèmes et lui demandait souvent conseil. Cela m'avait un peu surprise, au début : Frau Vogel était une telle tête de linotte ! Mais j'avais deviné qu'elle pouvait se montrer très compréhensive, et même sage, à sa façon.

— Ensuite, poursuivit Mutti, tu te rendras chez Ilse pour lui faire mes excuses. Dis-lui bien que je suis malade, et que Hilde prendra ma place ce soir. Si elle ne peut pas se déplacer, il faudra contacter Lilli Neff. Si tu veux, tu peux rester chez les von Prettin et jouer avec Elisabeth ?

— Non, non, je rentrerai directement à la maison.

Parce qu'elle était l'amie de von Prettin, Mutti était persuadée que je pouvais m'entendre avec sa fille, cette petite gourde d'Elisabeth. Mais ça, jamais ! Quelle peste, celle-là !

— Très bien, comme tu veux.

Mutti s'apprêtait à regagner sa chambre, lorsqu'elle se retourna ; elle se pencha pour examiner le piano, de cet œil perçant qu'elle a toujours pour inspecter les légumes sur les étals du marché.

— Hier, Ilse m'a dit que Joseph souhaiterait payer des leçons de piano à Elisabeth. Il envisage peut-être d'acheter un piano d'occasion...

Acheter un piano d'occasion... piano d'occasion... Ces mots résonnaient, implacables, dans ma tête. Je me suis soudain sentie oppressée, comme si un poids énorme m'écrasait la poitrine. Tremblante comme une feuille, le souffle coupé, je me suis entendue dire :

— Tu ne veux... quand même pas... vendre... celui-ci ?

Mutti, impassible, rétorqua :

— Écoute, ma chérie : je rembourse encore les frais médicaux de Johann. D'autre part, les robes se vendent moins, au magasin ; Herr Rosenwald ne pourra certainement pas m'augmenter cette année, comme il me l'avait promis. Pourtant je ne suis plus simplement couturière, maintenant. Je dessine mes propres modèles ! Mais, en période de récession, seuls les gens très riches peuvent se permettre d'acheter du sur-mesure ! Alors, tu comprends, poursuivit-elle sur le même ton glacial, un piano à queue, quelle folie ! D'ailleurs il prend beaucoup trop de place, ici. Voyons… On pourrait en tirer un très bon prix ! J'aurais dû m'en débarrasser au printemps, après l'enterrement de Johann. Mais j'étais bouleversée… Je n'aurais pas supporté de voir quiconque traîner dans l'appartement. Oh, veux-tu arrêter de froncer les sourcils, s'il te plaît ! Nous pourrons peut-être en acheter un moins cher… un piano droit, d'occasion…

— Mais il me faut un BON piano, Mutti ! Si c'est un problème d'argent, je peux travailler, moi aussi, après l'école ! Je peux faire quelques ménages, donner des cours de solfège, garder des enfants, n'importe quoi… Pourvu que nous ne vendions pas ce piano. Et qu'il me reste assez pour me payer des leçons...

Mutti secouait la tête, d'un air las.

— Non. Le soir, tu as des devoirs à faire. Tu ne veux quand même pas voir chuter tes notes ?

— Mais je n'ai que des A et des B ! Je suis toujours parmi les premières de la classe ! Si je veux devenir une grande concertiste, j'ai besoin…

— Nina, je sais que tu aimes la musique, et

que tu es assez douée. Mais ne te sens pas obligée de prendre la place de Johann !

— Tu ne comprends vraiment rien !

Mutti tressaillit et porta la main à son front.

— Ne crie pas comme ça ! Tu sais à quel point cela m'assomme. Bon, je vais prendre un autre comprimé et retourner me coucher. Merci de faire mes commissions. À demain.

Lentement, elle se traîna dans le couloir, jusqu'à sa chambre.

Les yeux rivés sur mes genoux, je ne voyais plus ma blouse qu'à travers un brouillard de larmes. Comment lui faire admettre que le piano n'était pas un simple loisir ? Et encore moins une façon de ressembler à Johann. Non : j'en jouais, parce que cela me faisait du bien, à l'intérieur. Comme un bon bol de soupe quand on est affamé, par exemple, ou comme une grande bouffée d'air frais, quand on sort d'une pièce enfumée. C'était même un besoin encore plus profond, plus fort que la faim ou la respiration. C'était la seule chose qui me permettait d'être moi-même, Nina.

Doucement, je caressai le bois poli du couvercle du clavier. C'était tout ce qu'il me restait, désormais. Mutti était devenue amère, depuis la mort de Johann. Elle tombait souvent malade. Ma meilleure amie, Erika Brauner, était partie s'installer en Amérique, juste avant la rentrée des classes. Seul ce piano avait toujours été là pour moi.

Et voilà que Mutti avait décidé de le vendre ! Et aux von Prettin, par-dessus le marché ! Elisabeth se vanterait sûrement de posséder une telle merveille. Je la voyais déjà en train de minauder en secouant ses boucles blondes : « Oui, rendez-vous compte, il a appartenu à Johann Radky, le célèbre soliste ! Si si, lui-même ! » Mais dès qu'il s'agirait de s'exercer, elle se ferait joliment prier. Raide comme un piquet, elle massacrerait les gammes, soufflant et jetant un coup d'œil à l'horloge du salon toutes les cinq minutes...

Et moi, là-dedans ? Je devrais apprendre à vivre sans musique. Parce que, bien sûr, une fois notre piano vendu, je savais qu'il ne serait plus jamais question d'en acheter un autre, même de moins bonne qualité. Mutti ne cesserait de se plaindre du manque d'argent, et elle aurait tôt fait d'occuper l'espace par d'autres meubles. J'oublierais progressivement le solfège, les gammes ; puis je finirais par ne plus connaître mes morceaux préférés sur le bout des doigts ; j'aurais tout perdu, jusqu'à mon rêve le plus cher. J'épouserais un simple marchand viennois, et le Musikverein ne serait plus qu'un beau monument d'architecture, près du jardin public.

Dans la cuisine, notre petit carillon sonna la demie de cinq heures. Dépitée, je rangeai le recueil des sonates de Scarlatti dans le tiroir, sous le banc. Les notes que je jouais avant d'être interrompue par ma mère me restaient en tête : mais la mélodie, joyeuse et féerique, avait maintenant un air mélancolique et plaintif.

J'enfilai mon manteau et pris le chemin de l'appartement de Frau Vogel. Dehors, de lourds flocons, doux comme un ventre de petit chat, tourbillonnaient lentement, dans un ciel si bas qu'on croyait pouvoir le toucher. La poudre blanche n'avait pas recouvert les trottoirs. Pourtant, le bruit de mes pas s'étouffait dans l'épaisseur de la nuit. Autour de moi, le silence feutré annonçait une importante chute de neige. Si je n'avais pas été préoccupée par la vente de mon piano, cette belle soirée de février m'aurait réjouie.

Frau Vogel habitait au coin de notre rue, la Stumpergasse. Notre immeuble moderne, avec son crépi couleur d'ardoise, était moins impressionnant que le sien : la façade, d'un beau jaune crème, était flanquée de chérubins moulés aux coins de chaque fenêtre.

Comme toujours, une odeur âcre, où se mêlaient effluves de chou cuit et relents de tabac froid, dominait le hall d'entrée. Pour Frau Vogel, le ménage n'était pas d'une importance capitale. Elle devait, comme nous, surveiller ses dépenses : aussi n'avait-elle pas de personnel de maison pour l'aider. Malgré tout, j'aimais le chaos qui régnait chez elle. La radio accompagnait de son bourdonnement perpétuel le bouillon des marmites sur le feu. Frau Vogel adorait préparer de bons petits plats, et elle avait toujours une histoire incroyable à me raconter. « Tu ne vas pas en revenir... », commençait-elle sitôt que je franchissais le seuil de son appartement.

— Nina ! Entre, ma jolie ! s'exclama-t-elle en ouvrant la porte.

Elle m'accueillit à bras ouverts. Elle avait attaché un tablier fleuri autour de sa taille. Avec son grand front, ses cheveux clairsemés et la bosse de son nez, j'avais toujours trouvé qu'elle ressemblait au buste de Beethoven qui trônait dans la salle de musique, à l'école. Ce soir, les joues marquées de taches rouges, elle semblait surexcitée.

— Tu ne devineras jamais ce qui vient de se passer ! Figure-toi que je m'apprêtais à enfourner une plaque entière de ces petits macarons dont j'ai le secret, quand mon four a eu la bonne idée de me lâcher ! Quelle guigne ! J'ai une pleine jarre de pâte sur les bras, maintenant. Et il ne faut pas que les œufs en neige retombent… Écoute, attends-moi là quelques minutes, je vais voir chez la voisine, Frau Jacobson, si elle veut bien me prêter son four !

— Mutti m'envoie vous demander si vous voulez bien la remplacer, ce soir, pour la partie de bridge chez les von Prettin, l'interrompis-je. Elle a de nouveau la migraine. Si vous êtes d'accord, j'irai prévenir Ilse.

— Mais bien sûr, ma petite, je jouerai volontiers à sa place. Tiens, tu la remercieras d'avoir pensé à moi, n'est-ce pas ? Elle est bien gentille… La pauvre, avec ses migraines ! Et ça ne s'est pas arrangé, depuis que ton frère est mort. Je pense quand même qu'elle devrait consulter ce docteur Freud, là, avec sa méthode de soins par la parole. On dit qu'il fait des miracles ! Tiens, par exemple, Frau Jacobson m'a parlé de la sœur de sa belle-mère. Elle avait un mal de dos terrible, tu sais. Elle ne pouvait plus se lever… Eh bien, elle a guéri, si si, grâce à ce docteur Freud ! Mais ta mère ne voudra jamais essayer, je la connais comme si je l'avais faite !

Elle soupira, les yeux dans le vague, avant de reprendre :

— Pour toi non plus, ma chérie, ça ne doit pas être facile tous les jours ! Tu ne peux pas jouer normalement, comme les autres filles de ton âge, courir partout, faire la fofolle, rire avec tes copines...

J'ai failli ajouter « ni jouer du piano quand Mutti est à la maison... ». Mais je n'avais jamais dit à Frau Vogel à quel point la musique était importante pour moi. Mon rêve de devenir concertiste était comme ce petit oiseau tombé du nid que j'avais ramassé, l'été dernier : si fragile, que même mes gestes bienveillants lui avaient été fatals.

— Alors, demandai-je pour changer de sujet, quelles sont les nouvelles, à la radio ?

Frau Vogel était particulièrement fière de sa nouvelle acquisition, un transistor qu'elle écoutait quasiment jour et nuit. Elle ne s'en séparait jamais, et elle lui avait même donné un petit nom : Eulalie. Elle m'avait un jour expliqué que ce prénom était d'origine grecque, et qu'il signifiait « le doux chant ».

Sa langue claqua, en signe de grande inquiétude :

— Mon Eulalie rapporte encore de bien mauvaises nouvelles d'Allemagne. Tu en as entendu parler ? Non ? Ah ! Alors, viens t'asseoir au salon pour te réchauffer, je vais t'expliquer.

Elle empoigna la grosse pile de journaux qui avait pris possession du canapé, et la jeta par terre pour faire un peu de place. À quelles mauvaises nouvelles voulait-elle faire allusion, cette fois ? Il pouvait s'agir de n'importe quoi, avec elle : aussi bien du divorce d'une célébrité que d'une avalanche responsable de la mort de dizaines de personnes.

— Tu ne vas pas y croire, commença-t-elle, une fois installée confortablement. Tu sais, Hitler, celui qui a une vilaine tête de fouine et qui gouverne l'Allemagne ? Eh bien, vendredi dernier, il a répudié tous les généraux ! Maintenant, il est seul chef de l'armée allemande !

— Je vois, murmurai-je poliment.

J'étais un peu déçue : j'aurais préféré qu'elle m'annonce une terrible catastrophe. Ou encore, un ragot bien croustillant… Ç'aurait été beaucoup plus intéressant. Pour Frau Vogel, par contre, rien au monde n'est plus excitant qu'une crise politique.

— Non, mais, rends-toi compte ! reprit-elle. Ce malade mental peut maintenant utiliser les forces armées à n'importe quelles fins… Dieu seul sait ce qu'il mijote !

Le front plissé, elle frappa le coude du fauteuil d'un geste brusque :

— Il pourrait même envahir l'Autriche !

— Vous croyez qu'il en a l'intention ?

— Oh oui, j'en suis persuadée. Certains pensent qu'il ne ferait jamais une chose pareille, parce qu'il l'a promis. J'en parlais justement avec Herr Hummel aujourd'hui. Je lui ai dit comme ça : « Herr Hummel, vous qui venez d'Allemagne, que pensez-vous d'Adolf Hitler ? » Et il m'a répondu que…

— Herr Hummel ? Qui est-ce ?

Frau Vogel se frappa le front du plat de la main.

— Mais bien sûr, quelle idiote ! J'oubliais ! Tu ne le connais pas encore… Il vient d'emménager au premier, chez les Brauner. Enfin, l'appartement où logeait cette pauvre femme… Quel était son nom, déjà ? Tu sais, celle qui est partie sans laisser d'adresse…

— Frau Klodzko, elle s'appelait.

Frau Klodzko était une très vieille femme, toute petite, qui avait emménagé chez les

Brauner après leur départ pour l'Amérique. Elle s'habillait toujours en noir et ne parlait à personne dans l'immeuble. Elle avait quitté les lieux six mois à peine après son installation. On a tous pensé qu'elle était partie rejoindre son fils en Pologne.

— C'est ça, Frau Klodzko. Que Dieu la garde! Enfin, je te disais donc qu'Herr Hummel est le nouveau locataire du premier. Il est professeur de piano.

— C'est vrai ? m'écriai-je, le cœur prêt à exploser.

— Oui. Il vient de Munich.

Elle baissa soudain la voix et se pencha vers moi :

— Figure-toi qu'il n'a emmené qu'une seule valise! Si Frau Klodzko n'avait pas laissé tous les meubles des Brauner, il n'aurait pas même eu un lit où dormir! La première chose qu'il a faite en arrivant, c'est d'acheter un piano. Immense, et beau, avec ça! J'ai discuté un peu avec les déménageurs qui l'apportaient. Mais le plus drôle, vois-tu, c'est qu'il n'a pas un seul élève! C'est vrai, ça fait deux à trois semaines qu'il est là, maintenant ; et je n'ai toujours pas vu le bout du nez d'un seul élève! Note bien, je ne l'ai pas espionné, non plus. Tu ne trouves pas ça triste, toi ? Dépenser autant d'argent pour un si beau piano, et n'avoir personne à qui donner des leçons ?

J'acquiesçai, silencieuse. Ce monsieur serait peut-être heureux d'avoir une élève… même quelqu'un qui ne le paierait pas beaucoup

— Tu verrais comme il joue ! C'est magnifique, renchérit Frau Vogel. Je l'entends chaque fois que j'emprunte l'escalier. Vraiment, quel dommage que…

Elle s'arrêta. Je savais ce qu'elle se retenait de dire : « Quel dommage que Johann ne soit plus là pour le rencontrer… » Je me levai d'un bond et enfilai mon manteau.

— Je ferais mieux d'y aller. Je dois prévenir Frau von Prettin que vous remplacerez Mutti ce soir, à la partie de bridge.

— *Ciao bella !* Dis à ta mère de boire un bon bouillon, bien chaud !

Je souris, sans répondre. J'étais bien trop excitée par l'idée qui venait de me traverser l'esprit…

Chapitre 2

La porte des Brauner était entrebâillée. Je frappai ; personne ne vint.

— Hou ouh ? Y a quelqu'un ? lançai-je, timidement.

Toujours pas de réponse. Je me décidai donc à entrer. Je restai d'abord dans le couloir central, qui desservait toutes les pièces. C'était la première fois que je revenais là, depuis le départ des Brauner. Quel silence, maintenant… Je m'attendais à voir surgir Erika, souriante ; « Viens ! On va dans ma chambre… » diraitelle en me prenant par la main. Dans le salon, son père écouterait l'un de ses disques de jazz préférés, pendant que sa mère, qui arroserait ses géraniums, me crierait : « C'est toi, Nina ? Tu veux rester dîner avec nous ? »

À ma gauche, la porte du séjour était entrouverte. Le vieux canapé miteux était toujours là, à côté de la bibliothèque de pin et du petit secrétaire marqué d'anciennes traces d'écriture. Le nouveau locataire avait aussi gardé le tapis blanc à longs poils, les rideaux de dentelle et l'abat-jour de cuivre laissés par les propriétaires.

J'ouvris la porte plus largement, et j'oubliai aussitôt les Brauner. Devant moi, au beau milieu de la pièce, trônait le piano du maître de musique. Il était somptueux. Sur l'ébène satiné du coffre, les touches blanches du clavier semblaient étinceler.

Je savais que je n'avais rien à faire là et que j'aurais dû m'en aller. Mais c'était comme si ce piano me tirait littéralement vers lui. La marque, Bösendorfer, était inscrite en lettres d'or sur la console. Les Bösendorfer sont fabriqués à Vienne, à la main ; c'étaient, disait-on, les meilleurs instruments qu'on puisse trouver sur le marché. Johann aurait bien aimé, un jour, en posséder un.

J'appuyai doucement sur les touches, pour obtenir un accord en *do* majeur. La qualité du son me fit reculer de surprise. C'était comme entendre un magnifique air d'opéra sortir de la bouche, quand on l'a simplement ouverte pour parler, avec sa voix de tous les jours.

Une partition était posée sur le pupitre. Les *Scènes d'enfants* de Schumann ! De bonnes vieilles connaissances ! Je me souviens : j'avais joué « Un événement important » pour le dix-septième anniversaire de Johann, quand Mutti avait apporté son gâteau dans le salon. Il m'avait serrée dans ses bras pour me remercier. Et tout le monde avait applaudi. Même Mutti !

Je parcourus le recueil avec nostalgie. Soudain, je n'avais plus qu'une seule envie : les jouer, là, tout de suite, sans attendre. Le professeur ne verrait sûrement pas d'inconvénient à ce que je lui emprunte quelques instants son piano. Je n'allais pas l'abîmer, après tout !

Je pris place sur le banc et commençai le premier morceau. Notre piano allait bientôt avoir besoin d'être accordé. Il faudrait peut-être même faire quelques menues réparations ; mais sur ce piano-là, les notes s'échappaient, rondes et soyeuses, au diapason exact de ce que je brûlais de jouer, au plus profond de moi-même.

J'aurais voulu ne jamais m'arrêter ; mais un

bruit, dehors, me fit sursauter. Je bondis sur mes pieds : il était temps, de toute façon, d'aller porter le message de Mutti chez les von Prettin.

Avant de partir, je fis encore quelques pas dans le séjour, caressant çà et là les meubles des anciens propriétaires. Les souvenirs se bousculaient dans mon esprit ; le bac à fleurs, sur le petit balcon de la fenêtre, était vide : Frau Brauner avait peut-être confié le soin de ses chers géraniums à l'une de ses amies. À moins que ceux-ci, négligés par Frau Klodko, ne soient complétement desséchés.

Je m'approchai du petit secrétaire et touchai le bois abîmé de la tablette de rabat. Erika et moi, on adorait ce meuble ; on était en effet les seules à savoir que le fond du tiroir central était faux : il suffisait de soulever l'une des lattes pour glisser dans ce petit espace creux des messages secrets ou de menus objets. On s'est amusées avec ça des centaines de fois, à inventer des chasses au trésor. Tout ce qu'on voulait garder hors de portée des adultes, on le cachait là. Mais un jour, Frau Brauner nous a interdit de le toucher : elle disait que c'était un meuble fragile et qu'on allait le casser, à force de le manipuler dans tous les sens.

— Grande bécasse, tu as l'air maline, à jeter un œil dans ce tiroir, alors qu'Erika n'est plus là ! Elle va bien rire, quand je vais lui raconter ça, dans ma prochaine lettre…

Bam ! À ce bruit, je me retournai, saisie d'effroi. Au beau milieu du salon, un homme tenait un journal plié sous le coude. Il était grand, imposant ; il avait une épaisse chevelure argentée et une moustache. Pas une petite moustache stricte et ridicule, comme celle de Hitler… Non, une belle moustache, longue et élégante.

— Beau bureau, n'est-ce pas ?

Le ton de sa voix était sec ; il n'avait pas un soupçon de notre accent viennois, traînant et lourd.

— Je pensais m'en servir pour écrire mon courrier ou rédiger mes factures ; à moins, bien sûr, que vous ne préfériez me l'emprunter, comme mon piano, tout à l'heure.

Je sentis mes joues devenir rouge écarlate ; un filet de sueur froide glissa le long de ma colonne vertébrale, sous mon pull.

— Je suis sincèrement navrée ! C'est que…

— Quel est votre nom ? demanda-t-il, les bras toujours repliés.

— Nina Radky, murmurai-je en me raclant

la gorge. Enfin, je veux dire, Anna Margareta Radky.

— Eh bien, Anna Margareta Radky, je suis le professeur Wilhem Hummel. J'habite ici. Maintenant, pouvez-vous m'expliquer ceci : comment se fait-il que, parti acheter le journal, je vous trouve chez moi à mon retour, à fouiner dans mes affaires et à jouer de mon piano ? Vous entrez de cette façon dans tous les appartements de la ville, chère demoiselle ?

— Oh non, non ! J'étais simplement venue vous parler. Comme vous n'étiez pas là, j'ai…

— Vous avez fait comme chez vous, c'est bien ce que je disais. Et vous avez entamé mon repas, également ?

— Non, non, bien sûr que non, je n'aurais pas…

Il secoua la tête, en signe de dépit.

— C'est dommage, tenez : j'avais justement laissé un peu de foie de veau, au vinaigre de framboise. Au fait, vous n'avez pas essayé la « Dixième Rhapsodie hongroise » de Liszt, par hasard ? Non ? La partition jaune, là, par terre…

Il me scrutait des yeux, comme s'il attendait de moi quelque chose. Confuse, je haussai les épaules. C'était à n'y rien comprendre !

— Tant pis. Je vais donc être obligé de la déchiffrer moi-même. C'est un morceau très difficile. Puisque vous vous êtes sentie à l'aise chez moi, vous auriez au moins pu me faire le plaisir de jouer la « Dixième Rhapsodie hongroise » !

— Je suis profondément désolée, monsieur le professeur.

Comme une gourde, je ne trouvai rien d'autre à dire.

Et là, je crus bien apercevoir l'ombre d'un sourire sur ses lèvres. Je le trouvais bel homme, malgré son âge. Ses mâchoires trop larges et son nez immense gâchaient un peu l'harmonie de son visage. Cependant il avait « de la classe », comme on dit.

— Ôtez votre manteau, mademoiselle, et asseyez-vous, dit-il en m'indiquant le canapé du doigt. Nous devons parler.

Quel homme bizarre, pensai-je quand il s'éloigna pour suspendre nos affaires dans le couloir. Je commençais à bien l'aimer, néanmoins. Une idée affreuse me traversa soudain l'esprit : et s'il acceptait de me donner des leçons, mais qu'il se révèle un piètre professeur ? Du genre à ne choisir que des exercices pour débutants, et à dire constamment « Bravo, c'est bien !

Continue ! », sans se soucier de ma progression ? Cela ne m'avancerait à rien.

D'un autre côté, raisonnai-je, il n'aurait pas un si beau piano, et ne travaillerait pas une œuvre aussi difficile que la « Dixième Rhapsodie », s'il n'était pas sérieux. Et j'avais vraiment besoin de leçons. Comme tout professeur ayant déjà pignon sur rue réclamait un tarif exorbitant, il ne fallait pas être trop exigeant.

— Bon, reprit-il en s'asseyant près de moi. De quoi vouliez-vous me parler ?

Je pris ma respiration et me lançai :

— Je souhaite prendre des leçons de piano.

— Qui vous a dit que j'en donnais ?

— Frau Vogel.

— Frau Vogel ! Voyez-vous ça ! C'est elle qui vous a priée de me demander ça ? Elle vous a payée, pour ça, non ? Pas même un petit bonbon ?

— Non, non, m'écriai-je. C'était mon idée !

Son visage se détendit.

— Bon, ça va, alors. Frau Vogel est gentille, mais ce qu'elle ne comprend pas, c'est que j'ai pris ma retraite ! Je n'ai aucune envie de voir tous les enfants de Vienne débouler dans mon appartement et risquer d'abîmer mon beau piano ! Maintenant, dites-moi… Pourquoi vous êtes-vous adressée à moi, en particulier ?

— Avant, c'était mon frère qui me donnait des leçons. Il étudiait le piano à l'Académie viennoise de musique et des arts du spectacle, commençai-je, fièrement. Il a même gagné le grand prix de l'Espoir de Vienne, il y a deux ans. Son professeur lui avait dit qu'il pourrait devenir le prochain Karl von Engelhardt, vous savez, le célèbre pianiste allemand qui s'est retiré dernièrement…

Herr Hummel leva au ciel ses grands sourcils.

— Ahhh, von Engelhardt ! Bien sûr que je le connais ! Qui n'en a jamais entendu parler ? Mais, au fait, votre frère ne peut plus vous donner de leçons ?

— Non, il est mort en avril dernier. Je m'exerce tous les jours après l'école, deux ou trois heures, au moins ! Mais j'ai besoin d'un professeur. Je ne sais pas quel morceau travailler, et puis, comment savoir si j'exécute correctement ceux que je choisis ? En plus, ma mère…

Pendant quelques instants, j'avais presque réussi à oublier les projets de Mutti. Pourtant, rien que d'en parler, ma gorge se noua de nouveau.

— Elle s'est mise en tête de… vendre…

Ma voix se cassa. J'achevai ma phrase dans un sanglot.

Les larmes que j'avais retenues jusque-là se mirent à ruisseler sans que je puisse les arrêter. D'un bond, essuyant mes joues trempées, je me levai, afin de prendre le chemin de la porte.

— Il vaudrait mieux que je m'en aille…

— Mais non, voyons ! murmura Herr Hummel en me tirant gentiment par le bras pour me forcer à me rasseoir. Nina, aimez-vous le strudel aux pommes ?

— Oui, je…

— Parfait ! s'exclama-t-il en se frappant les genoux. Je vais de ce pas nous en chercher une part ! Frau Vogel cuisine à merveille, mais elle doit croire que j'ai l'appétit d'un ogre. Tenez, rien que cette semaine, elle m'a apporté deux gâteaux ! Et je ne peux pas les laisser sur le rebord de ma fenêtre, pour que les pigeons les mangent… elle risquerait de le voir ! Dieu, aidez-moi, je vous en supplie !

Son air désespéré eut raison de mes larmes.

— Bien, vous souriez, voilà qui est mieux !

Il sortit un grand mouchoir blanc de sa poche.

— J'ai porté ce mouchoir sur moi pendant près de cinquante ans, dans l'espoir de rencontrer un jour une jeune fille éplorée qui en ait grand besoin. Enfin, je vous trouve !

Dans une grande révérence, il me présenta le mouchoir, paumes à plat, comme si c'était un objet infiniment précieux.

— Tenez, séchez vos larmes. Nous allons manger un peu de ce délicieux biscuit, et boire un chocolat bien chaud. Ensuite vous m'expliquerez pourquoi parler de piano vous donne autant de chagrin.

Il sortit de la pièce. Je l'entendis s'affairer dans la cuisine. Il revint quelques instants après, avec le goûter qu'il avait préparé, soigneusement présenté sur un plateau. J'engloutis une part énorme de gâteau ; amusé par ma gourmandise, il en coupa bientôt une seconde.

— Mangez, mangez sans crainte ! Vous pouvez lui faire un sort, à ce strudel ! Je suis presque certain que Frau Vogel m'en aura concocté un autre demain !

Je secouai la tête.

— Non, demain, ce sera des macarons, je crois ! Son four est en panne, mais elle va emprunter celui de Frau Jacobson si… Oh, zut, quelle sotte !

La commission que m'avait confiée Mutti m'était complètement sortie de la tête. Mais ce n'était pas dramatique : Frau von Prettin savait que Mutti était souvent malade, et toutes ces dames appréciaient beaucoup Frau Vogel, bien qu'elle ne connaisse pas très bien les règles du bridge.

Herr Hummel termina la fine tranche qu'il avait coupée pour lui. Puis il débarrassa son assiette.

— Bon ! Vous étiez sur le point de me dire ce qui a rendu nécessaire l'usage de mon mouchoir !

— Ma mère veut vendre notre piano !

— Vendre votre… ?

Il semblait choqué. Je hochai la tête.

— Oui, elle pense que nous n'en avons plus besoin, maintenant que Johann n'est plus là. Selon elle, c'est un caprice de vouloir le garder. Les affaires du magasin où elle travaille ne sont plus très bonnes, et elle doit finir de payer les frais médicaux de mon frère. Oui, il était hémophile, expliquai-je. Dès qu'il se faisait la moindre plaie, il saignait sans arrêt. Il ne pouvait pas cicatriser, vous comprenez ?

Un simple petit coup provoquait chez lui une hémorragie interne... Dans la famille de Mutti, il y a beaucoup d'hémophiles, c'est héréditaire. Mais cette maladie ne touche que les garçons ! Les femmes la transmettent à leurs fils, de génération en génération. L'un des oncles de Mutti est mort de ça, aussi.

Herr Hummel m'écoutait attentivement. Il murmura :

— Continuez, je vous prie.

— Frau Vogel dit que Johann était tout petit et tout fragile, à sa naissance. Quand il a eu quatre ans, mes parents l'ont mis au piano, en espérant que ça l'empêcherait de s'intéresser à des activités trop dangereuses pour lui, comme le sport, par exemple. Il s'est vite révélé doué ! Vraiment doué… Si bien que ma grand-tante Elfriede, qui était riche comme Crésus, a envoyé à mes parents une grosse somme, pour lui acheter un bon piano. Elle a aussi payé ses leçons !

— Et votre père, au fait ? demanda Herr Hummel. Vous en parlez à peine…

Je haussai les épaules.

— Bof, il n'y a pas grand-chose à dire, c'est pour ça… Il est parti quand j'avais trois ans. Je me souviens seulement qu'il était blond, comme moi, et qu'il se disputait souvent avec Mutti. Elle dit que c'était un rêveur... comme moi, encore une fois ! Sauf que lui, c'était d'argent, et pas de musique, qu'il rêvait ! Et puis, deux ans après son départ, Mutti a reçu une lettre disant qu'il avait eu un grave accident, sur un chantier de construction navale, et qu'il était mort. Voilà tout ce que je sais de lui !

Je me tus et avalai une grande gorgée de chocolat chaud. J'avais un peu honte de m'être autant épanchée. Ce n'était pas dans mes habitudes ; mais le professeur, lui au moins, avait l'air de s'intéresser réellement à ce que je racontais ! Pas comme Mutti, qui était tout le temps fatiguée, ni comme les filles de ma classe, qui avaient toujours autour d'elles un petit groupe d'amies, dont je ne faisais pas partie. Ni même Frau Vogel... car elle était trop bavarde pour savoir vraiment écouter les autres !

— Johann me manque, soupirai-je. (L'image de mon frère, souriant, me revenait, vivace et douloureuse.) Il était si beau, avec ses cheveux noisette et ses yeux couleur de miel ! Vous savez, c'était vraiment quelqu'un ! Gentil, élégant, et il avait tellement plus de talent que moi ! Je suis sûre qu'il me soutiendrait, lui ! Mutti s'obstine à ne rien comprendre...

Je restai silencieuse quelques secondes, puis repris :

— Franchement, ce n'est pas l'argent, le vrai problème. Elle dit qu'il vaut mieux vendre le piano... parce qu'elle ne supporte pas que j'en joue ! Quand c'était Johann, elle venait s'installer à côté de lui, au salon, avec son tricot ou un roman. Elle pouvait l'écouter pendant des heures... Moi, par contre, c'est une autre histoire ! Aussitôt, elle se plaint d'avoir des nausées, ou bien elle me trouve une commission à faire ; en plus, le jour de la mort de Johann, elle a décidé d'enfermer toutes ses partitions au grenier.

— Au grenier ?

— Oui ! J'étais dans une colère noire ! Elle a prétendu que c'était pour mettre un peu d'ordre dans ses papiers... En fait, elle voulait tout faire disparaître ! Je m'y suis opposée...

— Et comment a-t-elle réagi ?

— Nous nous sommes violemment disputées. Évidemment, elle a eu la migraine le soir même. Ça arrive souvent, mais celle-là était si forte que j'ai été obligée d'appeler Frau Vogel. J'ai eu une de ces peurs !

Je ne voulais pas raconter plus en détail cette affreuse soirée. J'avais cru que Mutti allait mourir. J'étais terrorisée, malgré tout ce que me disait Frau Vogel pour me rassurer. J'avais pleuré toute la nuit, dans mon lit.

— Enfin, voilà, maintenant, j'ai peur que ça recommence, si j'insiste pour que nous gardions le piano.

— Les migraines de votre mère ont l'air très sérieuses, il ne faut pas la provoquer bêtement, répondit Herr Hummel. Néanmoins, vous ne pouvez pas vous séparer de quelque chose d'aussi important pour vous. Votre silence peut passer pour un consentement, puisque vous n'avez rien fait pour la dissuader. Vous en êtes bien consciente ?

— Oui, hélas ! Je vais essayer de lui parler, mais il faut que je sois prudente. J'ai toujours l'impression de remuer le couteau dans la plaie !

— Non, non, n'essayez pas simplement, faites-le ! Vous le devez ! Pour vous !

Puis il me demanda quels morceaux j'avais déjà travaillés avec Johann. Il m'écoutait, silencieux, ponctuant ma réponse de petits hochements de tête. C'était sûrement bon signe ! S'il avait été complaisant, comme ces professeurs qui n'entendent pas faire progresser leurs élèves, il se serait sans doute montré admiratif, et m'aurait félicitée pour mon excellent niveau.

Nous prîmes la décision de nous retrouver deux fois par semaine, le mardi et le vendredi soir, après l'école. Herr Hummel inscrivit sur une feuille de papier les titres des différentes méthodes que je devais me procurer pour la première leçon.

Il me restait toujours un sujet délicat à aborder.

— Heu… maître, hésitai-je, vous savez, nous n'avons pas beaucoup d'argent à la maison… Alors, si vous le voulez bien, je pourrais peut-être faire des heures de ménage en échange, ou bien vos courses ? Ou encore…

Herr Hummel souleva son sourcil gauche.

— En quelque sorte, vous avez le culot de venir chez moi me prier de vous donner des leçons de piano, en sachant très bien que vous n'aurez peut-être bientôt plus d'instrument pour vous exercer tous les jours ; que votre mère, en outre, vous défend d'en jouer, et que vous n'avez, de surcroît, pas d'argent pour me payer ?

Je baissai la tête, rouge comme une pivoine.

— Euh… oui ! murmurai-je.

À mon grand étonnement, il éclata de rire et me donna une bourrade amicale sur l'épaule.

— Eh bien, Anna Margareta Radky, je crois que nous sommes faits pour nous entendre !

Chapitre 3

Le lendemain matin, la neige avait déjà fondu en surface ; pourtant, à dix-sept heures, les rayons du soleil, qui entraient, obliques, par la minuscule fenêtre du grenier, ne réchauffaient plus que péniblement la pièce. Soigneusement emmitouflée dans un châle de laine épais, je m'étais assise sur le sol glacial. Partout autour de moi se dressaient des piles entières de partitions.

J'avais retrouvé, le soir même de ma visite à Herr Hummel, les méthodes qu'il m'avait recommandées. Mais cet après-midi-là, j'avais aussi entrepris de trier toutes les partitions par ordre alphabétique. J'avais parié que la pile des

«C» serait la plus haute, à cause de tous les morceaux de Clementi, Chopin et Czerny qu'aimait particulièrement mon frère. Mais avec Bach, Beethoven et Brahms, la pile des «B» grandissait à vue d'œil. Et je trouvais chaque fois de nouvelles œuvres de Scarlatti, qui venaient s'ajouter à tout ce que Johann avait joué de Schumann, Schubert et Scriabine. Finalement, la grande gagnante serait peut-être la pile des «S».

Je me relevai, secouant mes jambes et mes épaules raidies par le froid. J'avais une sensation de fourmillement très désagréable dans tous les membres. Vite, bouger, pour m'en débarrasser! Je décidai de fouiner un peu dans les grandes malles qui encombraient la soupente.

Là, Mutti avait gardé de grands pans de tissus et de vieux vêtements, qui lui resserviraient peut-être un jour, pour coudre un chemisier ou une nouvelle jupe. Je retrouvai, dans une petite valise cartonnée, mes jouets de bébé ; une autre, en cuir noir, renfermait les livres d'école de mon frère. Au fond se tenaient les skis de ma mère. Derrière eux, cachés dans la pénombre, les attelles de Johann.

Je les effleurai du bout des doigts, gagnée par une profonde tristesse. Quels trucs affreux!

Le genre de torture qu'on subit en enfer. Et d'ailleurs, pour Johann, la vie était devenue un véritable enfer. La moindre plaie, sur le genou ou le coude, se transformait systématiquement chez lui en hématome monstrueux ; ses articulations devenaient toutes dures, gonflées et violacées comme une grappe de raisin. Au bout d'un certain temps – un temps insupportable, comme une lente agonie – elles finissaient par se bloquer en position pliée. Il était alors obligé de porter, pendant des semaines, l'un de ces appareils, pour rectifier le handicap.

Un jour, à l'âge de huit ans environ, j'avais voulu en essayer un. Je venais de glisser mon pied dans l'attelle, quand ma mère m'a surprise. « Ce n'est pas un jouet, imbécile ! » avait-elle hurlé en me donnant une forte claque sur la cuisse. J'avais pleuré ; non pas à cause de la punition qu'elle m'avait infligée, mais parce que je n'avais jamais considéré cet horrible instrument comme un jouet. J'avais seulement voulu sentir par moi-même la douleur que Johann endurait tous les jours.

— Nina, tu es au grenier ?

— Oui, Mutti !

Je replaçai fébrilement les appareils métalliques à leur place, craignant qu'elle ne se mette encore en colère, si elle me surprenait à les toucher.

Je me dépêchai de ranger les piles de partitions dans leur malle, puis fermai le verrou à double tour. Après avoir pris soin de claquer la porte de notre grenier, je me ruai dans les escaliers, à sa rencontre.

— J'espère que tu n'es pas restée trop longtemps là-haut, s'enquit-elle en exagérant son frisson. Il gèle à pierre fendre !

— Non, ne t'inquiète pas, je suis juste allée poser de vieux habits de poupée que j'avais dans ma chambre.

J'aurais dû lui dire, fermement, et sans détour, que j'étais montée trier les partitions dont j'avais besoin le lendemain, pour ma première leçon de piano.

Mais j'en étais incapable. Comment m'affirmer, sans lui paraître effrontée ? En sa compagnie, j'étais toujours une petite fille timorée et craintive. Herr Hummel pouvait bien m'encourager à être franche et directe ; il ne l'avait jamais vue malade, lui !

— Alors, cette journée de travail ?

— Pas mauvaise, répondit Mutti en pénétrant dans notre appartement. Nous avons eu de nouvelles commandes, à la boutique. Herr

Rosenwald pense que les affaires vont reprendre progressivement. Tu sais quoi ? Il m'a dit que Frau Waldmann et Frau Wilhelm avaient insisté pour que ce soit moi, en personne, qui dessine leurs tenues !

Je lui donnai un baiser sur la joue.

— Évidemment ! Puisque c'est toi la meilleure styliste de Vienne !

— Merci, ma chérie, répondit Mutti en me rendant mon baiser. Si on allait au café Adler pour fêter ça ?

— Pourquoi ne pas aller chez Schöner, plutôt ? C'est à peine plus loin que l'Adler, et les plats y sont bien meilleurs !

Mutti se laissa glisser dans la méridienne verte près du poêle, et commença à se masser légèrement les jambes.

— Non. Je n'aime pas le Schöner ; ils ont la main lourde sur le beurre, là-bas. Et sur les prix, par la même occasion ! En plus, il y a beaucoup trop de bruit ! Je préfère aller dans un endroit tranquille, comme le café Adler.

J'aurais dû prévoir qu'elle dirait ça. Avant, quand Johann était encore vivant, elle nous emmenait souvent dans des endroits chics et très en vue, comme le Schöner ou encore le restaurant de l'hôtel Sacher ; et, si le temps le permettait, elle adorait réserver une table à la terrasse du Kursalon, dans les jardins de la ville. On mangeait de délicieuses escalopes de veau à la milanaise, de délicates terrines, et des pâtisseries à se damner, servies sur la plus fine porcelaine de Chine… Il y avait de la musique, des rires sonores… Tout autour de nous circulaient des chariots débordants de desserts, plus succulents les uns que les autres. L'air était chargé de ce que nous autres Viennois appelons *Gemütlichkeit* – le bonheur d'être en vie, et celui de vivre à Vienne!

Le café Adler, lui, était aussi triste que leur menu. Frau Vogel et les autres amies de Mutti ne cessaient de se moquer d'elle : « Anneliese, c'est l'endroit le plus sinistre de Vienne ! Pourquoi t'acharnes-tu à aller là-bas, pour l'amour du ciel ? » En guise de réponse, elle haussait les épaules et soupirait : « Je ne sais pas ! Peut-être que cela me correspond, d'une certaine façon… »

— D'accord, enchaînai-je avant qu'elle ne change tout à fait d'avis, nous irons au café Adler.

« Quand Mutti aura mangé, et qu'elle se sera reposée, pensai-je, je pourrai lui parler de notre piano. »

Mais tout semblait s'être ligué contre moi, ce soir-là, pour rendre Mutti de mauvaise humeur. D'abord, le temps : la neige de la veille avait fondu dans la journée ; celle qui restait encore, molle et sale, gelait à vue d'œil. Agrippées l'une à l'autre, nous marchions prudemment, en prenant garde de ne pas tomber sur les plaques de glace qui envahissaient les trottoirs.

— Cet hiver ne finira donc jamais ? gémit Mutti, en se relevant d'une mauvaise chute.

Sur le chemin, nous avons ensuite rencontré un musicien des rues, au coin de Mariahilferstrasse et d'Amerlingstrasse, où habitaient les von Prettin. Couvert d'un manteau mité, il tenait une clarinette sous son bras. En nous voyant approcher, il nous adressa un grand sourire et entama une petite polka. Il jouait bien ; mon cœur se serra à l'idée qu'il passerait sûrement la nuit dehors. Vienne comptait de nombreux vagabonds, musiciens de rue ou marionnettistes. Je ne supportais pas de les voir affamés et tremblants de froid.

Je fouillai dans le fond des poches de mon manteau, mais tout mon argent dormait tranquillement dans ma petite tirelire de porcelaine, à la maison.

— Mutti, s'il te plaît…

Elle jeta deux pièces de monnaie dans la tasse qu'il avait posée à ses pieds. Ce n'était pas grand-chose, mais il baissa la tête, reconnaissant : « Merci, charmantes dames ! »

Mutti détourna bien vite les yeux et continua son chemin. Je me retournai pour sourire au musicien, mais elle me tira par la manche d'un coup sec.

— J'en ai assez de voir tous ces clochards ! Il y en a partout ! souffla-t-elle, acariâtre. En Allemagne, le gouvernement leur trouve bien du travail ! Pourquoi le nôtre ne ferait-il rien ? C'est intolérable !

Choquée, je ravalai ma surprise. Johann aimait bien parler aux musiciens de rue. Il m'avait appris que la plupart d'entre eux avaient eu de très bonnes situations, avant que les temps ne deviennent si durs, à Vienne. Certains avaient joué dans les cafés, d'autres dans des théâtres, ou encore à l'opéra... Ils étaient fiers, me disait-il, de gagner honnêtement leur vie avec leurs instruments – même s'ils ne récoltaient jamais que quelques schillings dans une tasse. Avant, Mutti leur donnait toujours un petit billet et leur souhaitait bonne chance, avec le sourire. Mais ce soir, il me semblait qu'elle cherchait des raisons de manifester sa mauvaise grâce.

Il y eut encore l'histoire du chou. Comme le café Adler n'était pas très apprécié des Viennois, nos commandes arrivèrent très vite à notre table. Pour moi, un goulasch épais et sans saveur, et du chou farci pour Mutti. Elle n'avait pas sitôt goûté son assiette qu'elle reposa immédiatement ses couverts.

— J'ai déjà coupé, à la boutique, du taffetas qui était plus souple que ce chou! se plaignit-elle. Celui-là est dur comme du plâtre! D'ailleurs, il en a aussi le goût.

— Tu peux prendre un peu de ma soupe, si tu veux, offris-je, fière de ne pas lui rappeler que nous aurions dû aller chez Schöner.

— Non, merci. De toute façon, je n'ai pas très faim.

Elle ouvrit le chou, laissant de côté les feuilles dures et amères, pour ne manger que la farce.

— Alors, ça s'est bien passé, à l'école ?

Je lui racontai que Hedi Witt, une fille de ma classe, qui s'assied toujours près de la fenêtre, avait avalé une pleine poignée de neige fraîche, et qu'elle avait fait des grimaces horribles, en se rendant compte qu'il y avait une vilaine bestiole à l'intérieur. Frau Hoffmeyer, notre professeur de latin, n'avait pas compris pourquoi nous avions toutes éclaté de rire.

Mutti gloussa. Elle se souvenait très bien de Frau Hoffmeyer : sévère, mais à moitié sourde... Johann l'avait déjà eue comme professeur, avant moi.

C'était le bon moment.

— Mutti, il faut qu'on parle. Du piano.

Voilà qui commençait bien : ferme et sans détour.

— Je sais que nous avons grand besoin d'argent, mais je crois que tu ne comprends pas à quel point je tiens à cet instrument.

— Je t'ai déjà dit, ma chérie, que nous en achèterions un autre, d'occasion, soupira-t-elle, d'un ton las. Et puis, je ne le vendrai pas sans être sûre d'en obtenir un prix correct. Ilse est mon amie, certes ; mais son mari a de l'argent, je ne veux pas me faire avoir !

— Même s'ils t'en donnent un bon prix, tu n'as pas le droit de le vendre ! C'est toute ma vie, toute ma...

Mutti ferma les yeux et porta la main à son front.

— Pour l'amour de Dieu, Anna, ne crie pas comme ça ! Je n'ai aucune envie de reparler de ça. Je suis fatiguée... Allez, termine ton assiette ; je vais régler l'addition et on va rentrer à la maison.

De toute façon, avec elle, ce n'était jamais le moment, ruminai-je, les dents serrées de colère. Pourvu que les von Prettin n'acceptent pas son prix ! Comme ça, on garderait le piano... Frau Vogel dit que le mari d'Ilse se vante toujours d'être rusé en affaires, après tout. Si ça se trouve, Mutti va renoncer d'elle-même ! Oh, mon Dieu ! Faites que Herr von Prettin soit radin, je Vous en supplie !

***

Vendredi, à l'école, l'après-midi me sembla interminable. Impossible de me concentrer sur les verbes irréguliers anglais ou sur les guerres de l'Empire romain, à quelques heures seulement de ma première leçon de piano ! Je n'écoutai plus le flot incessant de paroles des professeurs. Perdue dans ma rêverie, j'imaginai quels morceaux Herr Hummel allait me faire travailler. Que penserait-il de ma façon de jouer ? Allait-il être strict ou, au contraire, complaisant ?

— Anna Radky ! Veuillez répondre à ma question, au lieu de bayer aux corneilles !

Frau Werner, notre professeur d'histoire, me regardait droit dans les yeux.

— Alors ? Votre réponse ?

La classe entière était silencieuse. Sauf Elisabeth, qui gloussait derrière moi.

Heureusement, ma voisine de table, Käthe Neff, mit la main devant sa bouche et me souffla tout bas :

— Elle te demande les dates de la première guerre punique !

— 264-241 avant Jésus-Christ ! m'écriai-je, en me rappelant soudain la leçon que j'avais apprise hier.

— Très bien ! Faites attention, Anna ; votre rêverie pourrait vous jouer des tours. Eh bien, Elisabeth, puisque vous avez l'air de trouver l'histoire romaine si amusante, dites-nous donc en quelle année a commencé la deuxième guerre punique ?

Après de trop longues minutes, l'horloge murale sonna quatre heures et demie. Libres, enfin ! Je fis, comme les autres élèves, une révérence à Frau Werner, avant de sortir de classe. J'aurais voulu remercier Käthe, mais elle était déjà loin, dans le couloir. Elle tenait par le bras sa meilleure amie, Hedi Witt, qui lui murmurait à l'oreille des secrets. Tous les soirs, je les voyais prendre ensemble le chemin de la maison.

Je soupirai. Les filles de ma classe avaient déjà toutes leur meilleure amie. Käthe et Hedi, Paula Kovacs et Annemarie Klenk... Avant, on pouvait ajouter «Nina et Erika» à cette liste, mais plus maintenant, hélas! Il y avait bien Elisabeth qui passait, comme moi, ses récréations toute seule... Mais je préférais de très loin ma solitude à sa compagnie!

Je courus à la maison déposer mon cartable et chercher mes partitions. Puis je me rendis chez Herr Hummel. Je frappai à la porte, plusieurs fois. Après quelques minutes d'attente sur le paillasson, je commençai à m'inquiéter sérieusement à l'idée qu'il ait pu oublier ma leçon.

Finalement, j'entendis des pas à l'intérieur.

— Ah, c'est vous! Entrez! s'exclama Herr Hummel en ouvrant la porte. Il avait enfilé un vieux pull de laine bleue, pâle comme ses yeux. Pardonnez-moi de vous avoir fait patienter! Je m'étais endormi!

— Je suis désolée de vous avoir réveillé!

— Non, non, vous avez très bien fait! me rassura-t-il en accrochant mon manteau au crochet du couloir. Il secouait la tête d'un air soucieux. « J'ai fait un mauvais rêve. J'étais poursuivi dans les rues de Vienne par un jeune pianiste que je connaissais de vue à Munich. C'est bizarre... Je l'avais complètement oublié, celui-là ! C'est peut-être à cause de ce que j'ai appris aujourd'hui à la radio, sur les nazis ? »

— C'était un nazi ?

— Oh oui ! Et de la plus belle espèce : arrogant et brutal !

J'aurais aimé qu'il me raconte sa vie à Munich un peu plus en détail. À ma grande déception, il fit un petit signe de la main pour clore le sujet :

— Heureusement, cet odieux personnage appartient au passé, désormais ! Pourvu qu'il y reste ! Bon ! Alors ? Ce piano ? Avez-vous parlé à votre mère ?

— J'ai bien essayé, mais elle était fatiguée et n'a rien voulu entendre. Je réessaierai demain, je vous le promets !

Il semblait déçu.

— Soit ! Je vous fais confiance : vous saurez trouver le bon moment. En attendant, réchauffez vos mains un instant au-dessus du poêle, dans la cuisine. Ensuite nous pourrons commencer.

Il me fit d'abord travailler les quelques exercices faciles que j'avais répétés avec Johann. Dès le premier instant, j'étais sûre d'une chose : impossible d'attendre la moindre complaisance de la part de ce professeur !

Très vite, en effet, il choisit un morceau plus difficile à la fin de la méthode. Il y avait cinq bémols à la clé, et une véritable cascade de croches, montant et descendant le long de la page comme de petites vagues.

Pendant que je jouais, Herr Hummel arpentait le salon dans mon dos, gesticulant et m'assaillant de conseils. Sa voix était toujours aussi douce, mais elle avait aujourd'hui un timbre particulier, plus profond, vibrant d'excitation.

— Attention au trille ! Plus léger ! Voilà qui est mieux... Maintenant insistez sur la première note de chaque mesure, non, un tout petit peu plus longtemps seulement ! Et plus fort ! Oui, et ensuite, délicatement, très délicatement ! Attention aux accords ; il faut les jouer avec plus de grâce, et non les frapper, boum boum, comme un éléphant ! Les notes de votre staccato ! Reprenez-les ! Non ! Ce doit être vif, piquant, comme des petits flocons de neige, vous savez, ceux qui fondent sur les joues avant même qu'on les sente ! Mais attention, léger, enlevé ! N'oubliez pas le double bémol de la main gauche !

Et il fallait que je tienne compte de toutes ses indications, alors que mes doigts couraient le long du clavier et que je déchiffrais à peine la partition !

Il me fit travailler deux autres études, sans cesser de traverser la pièce, de long en large, derrière moi. Quand j'eus fini, il s'arrêta pour m'observer un moment, silencieux. Ses yeux bleus semblaient me transpercer ; ses doigts pianotaient nerveusement sur le coffre de son Bösendorfer. Puis il me posa une tonne de questions :

— Quand avez-vous appris à jouer, exactement ? Qui était votre frère, au fait ? Avez-vous déjà eu l'occasion de vous produire en public quelque part ? Non ? Et pourquoi ?

— Parce que personne n'a jamais pensé à moi, répondis-je tout simplement. Johann répétait de temps en temps que nous pourrions peut-être un jour donner un récital, tous les deux… Je… j'en rêvais ! Mais il était toujours tellement occupé, avec toutes les auditions et les concours qu'il préparait… Et puis, il est tombé gravement malade, et… Voilà, c'était trop tard !

De nouveau, il se mit à me scruter de son

regard perçant en tapotant nerveusement ses doigts sur le piano. J'aurais aimé lui poser à mon tour des questions : «Alors ? Ai-je bien travaillé ? Pourquoi m'avez-vous demandé si j'avais déjà joué devant un public ? Pourquoi me regardez-vous de cette façon ?»

Finalement, il déclara :

— Il faut qu'on vous entende ! Laissez-moi voir ce que je peux faire !

Avant même que je puisse ouvrir la bouche, il se précipita vers l'armoire du salon et en sortit une partition qu'il parcourut quelques instants en silence.

— Vous allez me jouer de la vraie musique, maintenant ! Connaissez-vous les *Romances sans paroles* de Mendelssohn ?

Je secouai la tête.

Il installa alors la partition sur le pupitre, devant moi.

— Voilà l'opus 19, numéro 6. Je vais rester dans ce petit fauteuil, là, et vous laisser vous débrouiller. J'ai envie de savoir ce que vous êtes capable de jouer par vous-même. Je vous donne une seule indication, attention : c'est très lent ! Le contraire exact de ce que vous venez de travailler !

Je commençai, rongée d'angoisse. C'était tellement plus facile, tout à l'heure ! Au moins, il me corrigeait ! Maintenant, j'étais l'unique responsable de mon interprétation. Je le sentais attentif, à mes côtés, et cela me rendait encore plus nerveuse.

— Pas mal, souffla-t-il à la fin du morceau. Mais vous devez y aller plus franchement ! Ne soyez pas timide ; jouez comme je vous ai entendue, lundi dernier, quand je suis revenu avec mon journal. Vous n'aviez aucune retenue, ce jour-là !

Je recommençai, en m'efforçant de jouer avec la même aisance que dans mes rêveries, lorsque je me voyais concertiste au Musikverein.

— Lent, d'accord, mais plus fort ! s'écria Herr Hummel en bondissant hors de son fauteuil. Il écartait en grand les bras : Allez-y ! Sans hésiter ! Je veux que votre musique s'entende dans toute la ville, non, dans l'Autriche entière !

Il me fit un petit signe de la main pour m'inviter à le suivre :

— Venez ! Je vais vous montrer quelque chose !

Il s'approcha de la fenêtre du salon, qui dominait la rue. Là, suspendu par d'invisibles fils, un petit ange de céramique semblait flotter sur la dentelle blanche des rideaux.

— Il est beau, rétorquai-je, intriguée. Quel était le rapport avec Mendelssohn ?

— C'est l'un des rares objets que j'ai emmenés avec moi de Munich, me confia Herr Hummel. Je l'ai installé ici, parce qu'il est sensible à la musique, quand elle vient du cœur. Il me semble que ses ailes se mettent à frémir, doucement... Cela paraît un peu ridicule, n'est-ce pas ? Mais si vous jouez avec sincérité, en laissant vos sentiments vous guider, vous le verrez peut-être sourire, comme je le vois, moi, parfois.

Je hochai la tête, prête à tenter l'expérience ; en me rasseyant au piano, je m'imaginai ainsi que l'ange m'écoutait, attentif à ressentir toutes les nuances de mon interprétation. Derrière moi, Herr Hummel murmurait « Bien, bien... ». Encouragée, j'oubliai bientôt toute pudeur et, portée par les mouvements lents et tristes du morceau, je laissai mes doigts courir sur l'ivoire du clavier.

— Voilà, parfait ! s'exclama Herr Hummel quand je plaquai les derniers accords. Il ne faut jamais jouer timidement ! C'est bien pire qu'une fausse note !

Il voulut entendre un autre morceau de Mendelssohn, une sonate de Scarlatti et un divertissement de Mozart. Il me reprenait ici et là, mais, voulant savoir comment j'apprivoisais seule la musique, il me permit de donner libre cours à ma sensibilité.

À la fin du divertissement de Mozart, je me sentis épuisée, à mon grand étonnement. Je fus soulagée d'entendre Herr Hummel déclarer la fin de la leçon.

— Assez pour aujourd'hui, affirma-t-il. Buvons plutôt un bon chocolat chaud, maintenant ! Il me reste quelques macarons...

Pendant qu'il préparait le goûter, je m'approchai du petit ange suspendu pour l'observer plus attentivement. Il avait tous les attributs d'un ange, selon la représentation traditionnelle : une tunique bleue, deux minuscules ailes de papier dans le dos et de jolies boucles dorées sur le front. Mais il n'avait pas ce petit air niais des anges avec lesquels on décore les crèches, à Noël. Une lumière particulière scintillait dans son regard, comme s'il me fixait droit dans les yeux, tandis qu'un pli amusé relevait le coin délicat de ses lèvres. Un ange qui avait de l'humour ! De quoi riait-il ? De la vie humaine ? J'aimerais bien, moi, qu'un ange gardien comme lui, compréhensif et tendre, veille sur moi...

Herr Hummel posa le plateau sur la petite desserte du salon.

— Je vois que vous admirez mon petit ange ! Il a été façonné au siècle dernier, à Paris. Mon père l'avait offert à ma mère pour Noël, l'année de leur mariage. Je n'ai pas eu le cœur de le laisser en Allemagne.

— Maître ? demandai-je prudemment. Vous avez quitté l'Allemagne… parce que vous aviez des problèmes ?

Il resta un instant plongé dans ses pensées, puis soupira :

— Dans un État nazi, une personne sensée a toujours des problèmes. Avec le gouvernement, ou avec sa propre conscience. C'est pourquoi, oui, j'ai préféré partir.

J'entrouvris les lèvres ; d'autres questions se bousculaient dans ma gorge. Mais il reprit :

— À moi, maintenant, de vous demander quelque chose. Frau Vogel m'a dit que votre meilleure amie habitait dans cet appartement, avant que je m'y installe. Rassurez-moi… Ce n'était quand même pas cette vieille dame toute vêtue de noir que j'ai vue grimper dans un taxi, le jour de mon arrivée ?

J'éclatai de rire.

— Oh non, quand même pas ! C'est Frau

Klodzko que vous avez dû apercevoir ! Elle a vécu ici cinq mois, seulement. Et avant elle, il y avait la famille d'Erika, dans cet appartement. Erika Brauner... Son père a obtenu sa mutation à New York en septembre dernier.

— Elle doit te manquer.

Je hochai la tête.

— On s'est rencontrées à l'âge de cinq ans, toutes les deux. Mutti avait rendu visite à Frau Vogel, et elle m'avait envoyée jouer dans la cour de l'immeuble. Elle était là, elle aussi ; on a commencé à se parler. Elle m'a raconté qu'elle rêvait de faire du cheval, je me souviendrai toujours de ça ! D'ailleurs, après, on s'imaginait qu'on galopait dans les plaines, alors qu'on tournait en rond autour du marronnier, dans la cour ! Oh là là, qu'est-ce qu'on s'est amusées ! On inventait des tas d'histoires... Un jour, on était les filles d'un riche Texan, qui possédait un immense ranch. D'autres fois, on disait qu'on était des princesses du Moyen Âge... Ensuite, bien sûr, on a grandi, mais on est restées très amies. On faisait du vélo ensemble, des après-midi entières... Mais surtout, on parlait, on parlait...

— Et maintenant, vous vous écrivez ?

— Oui, un peu. Mais elle a une nouvelle amie, là-bas. Rosemary, elle s'appelle. Elles ont l'air de passer tout leur temps ensemble, comme elle et moi, avant…

— Hmmm… Je vois ! murmura Herr Hummel en m'adressant un sourire triste. Parfois, il est plus facile de partir que de rester !

J'acquiesçai, silencieuse.

Sur le chemin du retour, je me sentais toute légère. J'avais envie de crier de joie et de courir partout en lançant mes livres d'exercices dans les airs. Youpi ! Herr Hummel me considérait comme une bonne élève ! Il avait confiance en mes capacités, et il était d'accord pour continuer à me donner des leçons ! Hourra ! Il était exactement le professeur qu'il me fallait : sérieux, expérimenté et gentil ! Il saurait, lui, me faire progresser ! Tout allait pour le mieux ! Enfin, non ! Pas vraiment. Pas encore tout à fait pour le mieux. Il fallait encore que Mutti accepte de garder le piano. Herr Hummel ne pourrait rien m'apprendre, si je n'avais pas d'instrument pour m'entraîner après chaque leçon.

Chapitre 4

J'avais attendu la fin de la semaine avec impatience, espérant consacrer mon samedi après-midi au piano, sitôt après l'école. Malheureusement, mes professeurs avaient pour moi d'autres projets.

— Ils croient peut-être qu'on n'a rien d'autre à faire que d'apprendre nos leçons ? grommelai-je en rentrant à la maison, ce jour-là.

Pour lundi, j'avais tout simplement une montagne de devoirs : en mathématiques, réviser mon cours sur les fractions, car on allait avoir une interrogation. En latin, rendre une version de deux pages. Et une rédaction à préparer en anglais. Écrire, bon, ça allait ; avant qu'Erika parte pour l'Amérique, elle avait pris des cours particuliers avec ses parents. Elle m'avait proposé de l'aider à faire ses exercices, par jeu, et j'avais progressé, moi aussi. Non, le pire, c'était le sujet : « Racontez le plus beau jour de votre vie. »

J'avais demandé à Frau Schäffer, notre professeur, si j'avais le droit de décrire ce que SERAIT le plus beau jour de ma vie, plus tard. « Bien sûr que non ! avait-elle affirmé. Vous n'avez pas le droit de tricher. Le but de l'exercice est de vous obliger à employer le passé, pour vérifier que vous maîtrisez correctement les règles de la concordance des temps ainsi que les irrégularités des conjugaisons ! » Impossible, donc, de raconter la joie immense que je ressentirais, le jour de mon premier concert comme soliste à la Société philarmonique de Vienne...

L'ennui, c'est que je n'avais pas d'autre idée ! Des jours heureux, j'en avais connu, avant la mort de Johann... Mais je préférais les garder pour moi. Plus tard, peut-être, j'éprouverais le besoin d'en parler... Aujourd'hui, c'était encore beaucoup trop douloureux.

J'avais hâte de me débarrasser de mes affaires et de me mettre à travailler au plus vite les morceaux que j'avais déchiffrés avec

Herr Hummel. « Pourvu que Mutti ne rentre pas plus tôt de la boutique, comme samedi dernier ! » pensai-je, sur le chemin de la maison. « Si elle est là, je retourne au grenier, pour finir de trier les partitions ! »

Dans l'escalier, un bruit retint soudain mon attention. De la musique ! Quelqu'un jouait du Mozart au piano. Enfin, « massacrer » aurait été plus juste.

Mais qui d'autre, à part nous, possédait un piano dans l'immeuble ?

Personne.

Je fouillai nerveusement mes poches à la recherche de ma clé, et me précipitai à la porte de notre appartement. Elle était déjà ouverte.

— Bravo, Ilse, c'était merveilleux ! applaudissait Mutti.

— Pourtant, je n'avais pas joué ce morceau depuis des années, gloussait Frau von Prettin. Mais je l'adore ! C'est de Mozart, je crois ? À moins que ce ne soit de Bach, ou d'un autre, enfin, peu importe... En tout cas, quand je l'entends, j'imagine des milliers de papillons en train de butiner un joli parterre de fleurs...

Moi, j'aurais plutôt pensé à des éléphants qui faisaient de la gymnastique, vu la délicatesse de son interprétation... Je me renfrognais en apercevant les von Prettin au salon. Elisabeth était vraiment le portrait craché d'Ilse : aussi jolie et sophistiquée, sauf qu'elle ne nouait pas ses boucles blondes derrière la nuque, comme sa mère. Herr von Prettin m'impressionnait un peu. Son visage taillé à la serpe m'avait toujours fait penser à un aigle, avec ses yeux pénétrants et son long nez busqué.

J'essayai de traverser discrètement le corridor, mais Mutti se retourna à l'instant précis où je m'apprêtai à gagner enfin ma chambre.

— Ah, voilà Nina ! s'exclama-t-elle. Viens dire bonjour aux parents d'Elisabeth !

— *Küss die Hand !* maugréai-je à leur intention, en entrant au salon.

J'étais obligée d'employer cette formule de politesse qu'on apprend aux enfants, à Vienne, pour saluer les adultes. « Je vous baise la main... » Tu parles ! Je n'en avais aucune envie !

— Votre mère était justement en train de m'expliquer quel magnifique instrument vous possédiez, déclara Herr von Prettin en me transperçant de son regard d'aigle. Vous en jouez vous-même, je crois ? Pensez-vous que ce soit un piano de qualité ?

— Oui, mais il a grand besoin d'être accordé !

balbutiai-je. Quelques petites réparations s'imposent aussi, d'ailleurs…

Ils s'esclaffèrent, comme si je venais de dire quelque chose de mignon.

— Votre maman saura sûrement tenir compte de vos remarques pour fixer son prix, suggéra Herr von Prettin, d'un ton hautain.

— Mais très certainement ! s'empressa-t-elle de répondre.

J'aurais dû me douter que Mutti acquiescerait au moindre propos du père d'Elisabeth. Je ne pouvais pas vraiment la blâmer : il s'adressait aux autres d'un air supérieur, habitué à ce qu'on lui cède toujours sur-le-champ. Il semblait d'ailleurs ne jamais attendre qu'une obéissance aveugle. Même nos professeurs le craignaient, je crois.

— Oh ! J'ai une idée, s'écria soudain Frau von Prettin. Nina, tu veux bien nous jouer quelque chose ?

— Je dois faire mes devoirs, répondis-je sèchement.

Dans le couloir, je l'entendis glousser :

— Elle est timide, la pauvre chérie !

Herr von Prettin enchaîna :

— Si l'Autriche en vient enfin à la raison, et que Hitler prend le pouvoir, Elisabeth et Nina pourraient s'enrôler dans un Jungendmädel, vous savez, ce groupe des Jeunesses hitlériennes pour jeunes filles ? J'en ai entendu beaucoup de bien. Ils organisent des défilés, des sorties de plein air… C'est excellent pour la santé, et puis, les enfants s'amusent tout en apprenant le sens des valeurs de notre belle nation !

— Exactement ce dont Nina aurait besoin, admit Mutti.

— La cousine de notre Elisabeth y est déjà inscrite, renchérit Frau von Prettin. Et elle adore ça ! Vous savez, ma chère, quand Hitler s'est rendu à Stuttgart, elle a eu le privilège de participer au petit comité d'accueil qui était organisé par son Jugendmädel !

Tu parles d'un cauchemar ! Quoi de pire que de me retrouver coincée dans un défilé, aux côtés d'Elisabeth, et de chanter à tue-tête notre dévouement sans bornes à la patrie ? Cette petite pimbêche jouait bien son rôle d'enfant modèle, tiens ! Une jolie révérence à papa, des bonnes notes pour maman, de belles figures aux professeurs, et gna gna gna… De quoi être adorée de tous les adultes ! Herr von Prettin ne connaissait pas Elisabeth telle que je la voyais, moi, tous les jours. Il ne pouvait pas savoir que ses yeux louchaient systématiquement sur la copie de sa voisine, en contrôle de mathématiques ; il ignorait que sa fille chérie avait accusé Käthe Neff d'avoir renversé la bouteille d'encre de notre professeur de latin, alors que tout le monde savait très bien que c'était sa faute !

Une fois dans ma chambre, je posai cartable et manteau sur mon lit et m'installai au bureau. Impossible de me concentrer sur mon travail : l'oreille tendue vers le salon, j'écoutais toujours la conversation des parents.

— Je vais réfléchir, assurait Herr von Prettin. Le prix est plus élevé que je ne me l'imaginais, mais un piano neuf sera toujours plus cher, n'est-ce pas ? Si nous décidons de l'acheter, il faudra nous le livrer le 8 mars prochain. C'est l'anniversaire d'Elisabeth, et nous souhaiterions lui en faire la surprise. Alors, vous comprenez, il faudra que nous l'installions pendant qu'elle est à l'école !

— Oh, elle sera folle de joie ! s'exclamait Frau von Prettin. Nous vous ferons connaître notre décision très bientôt, Anneliese. Surtout, dites bien à Nina de ne rien révéler à Elisabeth ! Ce serait trop dommage !

Lorsqu'ils prirent enfin congé, Mutti frappa à la porte de ma chambre et entra. Penchée sur mon devoir d'anglais, je feignis une grande concentration.

— Ils ont dit qu'ils allaient réfléchir.

Je ne daignai pas lever la tête.

— Écoute, Nina, ne rends pas les choses si difficiles ! explosa-t-elle. Tu sais que nous avons besoin de cet argent. Si les von Prettin acceptent mon prix, ce piano s'en ira.

Je restai obstinément silencieuse. Elle poussa un soupir de lassitude.

— Il faut que j'aille au marché avant que tout ne ferme. N'oublie pas que nous allons prendre le thé chez Frau Vogel, à quatre heures. Tu pourras mettre ta robe verte, elle est propre.

Quand elle eut claqué la porte derrière elle, je me précipitai au piano. Un cendrier sale trônait sur le coffre. Écœurée, je l'emportai à la cuisine pour le laver. Mais en vain : l'odeur des cigarettes de Herr von Prettin avait imprégné tout l'appartement. Et dans le salon flottait encore, par effluves, le parfum entêtant et sucré de sa femme.

Et s'ils acceptaient le prix fixé par Mutti ? « C'est toujours moins cher qu'un neuf ! » avait dit Herr von Prettin. Je ne supporterais pas de voir les déménageurs emporter notre piano ! Être confrontée, tous les jours, à l'espace vide qu'il laisserait, c'était tout simplement au-dessus de mes forces.

La rage au cœur, j'ouvris la méthode et attaquai le premier exercice que m'avait recommandé Herr Hummel. Les doigts raides, je martelai les notes sans conviction. Les yeux embués, et secouée de hoquets, je fus bientôt obligée d'abandonner. Je ne voyais même plus les portées de la partition à travers mes larmes !

J'enfilai ma robe de laine verte et me passai un coup de peigne dans les cheveux. Je n'avais aucune envie d'aller chez Frau Vogel : il faudrait sourire et s'empiffrer de gâteaux ; non merci ! Mais l'idée de rester à la maison ne m'enchantait guère plus. L'odeur persistante des von Prettin et l'écho de leur conversation me donnaient la nausée.

Quelques instants plus tard, Mutti rentra du marché. Elle se changea, puis chaussées de bottes fourrées, nous avons descendu la Stumer Gasse.

Que se passerait-il, m'inquiétai-je sur le chemin, si nous croisions Herr Hummel dans l'immeuble, et qu'il me saluait ? Et si Mutti l'entendait jouer du piano, à travers la porte, que dirait-elle ?

Mais l'appartement de mon professeur était

silencieux ; nous n'avons pas rencontré âme qui vive dans la cour, ni même dans l'escalier.

— Ah, Anneliese et Nina, vous voilà enfin ! s'écria Frau Vogel à notre arrivée.

Elle nous serra vigoureusement dans ses bras, comme si elle ne nous avait pas vues depuis dix ans. Enfin, elle leva les yeux au ciel et siffla :

— Vous n'allez pas croire ce qui m'arrive ! Bon, mon four a été réparé, mais devinez ce que j'ai trouvé dans mon sac de farine ? Des cafards, je vous le donne en mille ! Des cafards, vous vous rendez compte ! Tout noirs, avec leurs sales petites pattes ! Répugnant ! Bien sûr, j'ai jeté mon sac de farine ! Mais j'étais bien embêtée, pour préparer notre goûter ! Alors, j'ai pensé aller chez Hermann, le boulanger du coin. Je lui ai pris des beignets… Heureusement, il me restait encore des macarons, mais je suis déçue, je voulais tellement vous concocter ma petite spécialité, la tarte au citron !

— Ne t'inquiète pas, Hilde, la consola Mutti, tu sais bien que je raffole de tes macarons ! Nous allons nous régaler !

— J'espère bien, mes chéries ! soupira Frau Vogel. Bon, débarrassez-vous de vos manteaux, et filez au salon, je voudrais vous présenter quelqu'un !

Je suivis Mutti à travers le généreux fouillis de l'appartement. Je m'arrêtai, figée sur le seuil du salon, en reconnaissant, confortablement assis dans le canapé, mon maître de piano.

— Herr Hummel ! suffoquai-je.

— Bonjour ! dit-il une fois debout, en nous gratifiant d'un signe courtois de la tête.

— Nina, tu connais déjà ce monsieur ? me demanda Mutti.

J'aspirai une grande bouffée d'air, avant d'avouer, d'une traite :

— Oui. C'est le professeur Herr Hummel ; il habite dans l'ancien appartement d'Erika et c'est avec lui que je prends désormais des leçons de piano.

— Pardon ? De quoi parles-tu ?

Sa voix était calme, mais je distinguai nettement l'éclat glacial de la colère dans ses yeux.

— Oh ! Quelle bonne idée, chantonna Frau Vogel derrière moi, voulant désamorcer le conflit. Tu sais, Anneliese, je pense que Nina...

Mais Mutti l'interrompit brutalement :

— Nina ne m'a pas demandé la permission de prendre des leçons de piano ! Pourquoi t'es-tu autorisée à ne pas me consulter ? J'attends des explications !

Je brûlais de lui crier qu'elle aurait de toute façon refusé, mais Herr Hummel fit un pas en notre direction ; il adressa à Mutti un sourire à faire fondre la neige de tous les toits de la ville. La glace même n'y aurait pas résisté...

— Frau Radky, s'empressa-t-il d'ajouter, je suis maître Wilhem Hummel, pour vous servir ! J'ai l'immense plaisir d'enseigner le piano à votre fille...

— Mais... enfin..., balbutia-t-elle, confuse.

Elle aurait préféré s'en tenir à une froide neutralité, mais la courtoisie de mon professeur l'obligeait à répondre avec déférence.

— Votre petite promenade a dû vous fatiguer ! Ne restez donc pas dans l'entrée, vous prendriez froid ! Venez plutôt vous asseoir près du poêle, chère madame !

Lui donnant le bras, il l'accompagna s'installer sur le canapé.

Dans le couloir, Frau Vogel me fit un clin d'œil.

— Quel séducteur, cet homme ! murmura-t-elle à mon oreille. Espérons qu'il parvienne à convaincre ta mère !

Je lui répondis en croisant les doigts, avant de la suivre au salon.

Herr Hummel poursuivait son numéro de charme auprès de Mutti.

— Frau Vogel m'a appris que vous étiez styliste chez Herr Rosenwald. Je suis très impressionné ! Toute la grande bourgeoisie de Vienne ne jure que par les modèles de cette boutique ! On dit qu'il n'y a pas de meilleur tailleur dans toute la ville !

— Merci, vous êtes bien aimable, soupirait Mutti.

Le pli crispé de son front commençait à disparaître.

Il y eut un silence pesant, pendant un court instant. Heureusement, Herr Hummel reprit :

— Avec un nom comme Radky, votre époux devait avoir des origines tchèques, si je ne m'abuse ?

— Oui, vous avez raison. Mon mari est né en Autriche, mais sa famille était de Prague. L'une de ses cousines habite encore là-bas.

— Oh, alors il faut absolument aller leur rendre visite ! Prague est une ville magnifique, vous savez ! J'y ai déjà donné un récital, il y a de cela quelques années, au Théâtre national. J'ai rencontré un…

— Vous avez joué au Théâtre national de Prague!!! m'écriai-je, admirative. Fichtre! Seuls les plus grands musiciens de toute l'Europe jouent là-bas!

— Oui, oui, murmura-t-il, presque inaudible.

Et avant que je puisse poursuivre, il se tourna de nouveau vers Mutti.

— Je vous disais donc, chère madame, que je connais à Prague une petite boutique, près de la gare, tenue par un vieil homme... Croyez-moi, ce monsieur connaît la véritable gastronomie! Il vend des *parek* gros comme le poing, les meilleurs de toute la Tchécoslovaquie! Rien de comparable avec ces ridicules petites saucisses qu'on vous donne partout ailleurs! Si vous avez l'occasion de vous rendre à Prague, je serais heureux de vous donner l'adresse de ce saint homme.

— Mais, insistai-je, quand avez-vous joué au Théâtre national de Prague ?

— Il y a longtemps, répondit-il doucement, mais fermement, pour clore le sujet. Alors, chère voisine, vous allez donc nous servir quelques-uns de ces délicieux macarons dont vous avez le secret ?

— Oui! Où avais-je la tête ? glousssa Frau

Vogel. Viens avec moi, Nina, tu vas m'aider à porter ce que je vous ai préparé !

Dans la cuisine, elle fouetta de la crème pour le café, pendant que j'installais des tasses sur son plateau d'argent. Elle avait acheté des tonnes de beignets et du fromage des Alpes. Il restait encore, dans une assiette creuse, une bonne pile de macarons aux noisettes.

— Herr Hummel vous a déjà parlé de tous les endroits où il a joué, dans sa carrière ?

Elle secoua la tête.

— Non, penses-tu ! Il est bien trop modeste ! Une ou deux fois, cela lui a échappé, et je l'ai entendu évoquer des concerts à Paris, Berlin ou Rome... Mais en général il n'aime pas parler de lui ! Je fais des efforts surhumains pour rester discrète, mais je meurs d'envie d'en savoir plus, moi aussi !

Elle se pencha vers moi, et ajouta, d'une voix tremblante d'excitation :

— Il a peut-être... un Passé !

Pour Frau Vogel, « avoir un Passé » signifiait cacher une scandaleuse histoire d'amour. Je ne pensai pas que Herr Hummel ait été compromis dans une affaire de ce type, mais... Va savoir ! Je sentais néanmoins qu'il valait mieux cesser de l'ennuyer avec mes questions.

En nous voyant revenir avec le plateau chargé de pâtisseries et de fromage, Herr Hummel applaudit :

— Frau Vogel, vous avez fait des merveilles ! Vous vous êtes surpassée, encore une fois !

— N'exagérez rien, j'ai acheté une bonne partie de ce goûter chez le boulanger du coin !

— Peut-être, mais je suis sûr que vous avez commandé sa spécialité ! Et vous avez l'art de transformer, d'un coup de baguette, un simple beignet en véritable festin ! Si j'avais lancé moi-même l'invitation, j'ignore ce que nous aurions eu dans nos assiettes ! Probablement des briques en sauce caillou ou, pire, des queues de chiot bouillies !

Mutti ne put retenir un éclat de rire.

— Je vous en prie, espèce de vil flatteur ! s'enorgueillit Frau Vogel, rouge de plaisir. Un homme élégant tel que vous ! Quand on joue du piano à merveille, comme vous, on doit rechercher le raffinement dans tous les domaines ! Anneliese, si tu l'entendais ! C'est fabuleux ! On dirait le langage des anges ! Je n'avais jamais rien entendu de pareil ! Même Joh... Enfin...

Elle se tut. Ses joues étaient maintenant aussi rouges que les fuchsias imprimés sur le tissu de sa jupe.

— Il est sûrement très doué, admit Mutti, d'une voix étouffée par le chagrin.

Puis elle se détourna pour me gronder :

— Nina, veux-tu, s'il te plaît, laisser un peu de crème pour les autres !

Seule la radio osait encore bourdonner au salon. Mais la mazurka de Strauss qu'elle diffusait n'avait plus rien de guilleret : les notes tambourinaient maintenant à nos oreilles, accablantes comme le deuil.

Aussi Herr Hummel finit-il par rompre le silence. Posant sa petite cuillère sur le bord de son assiette, il s'éclaircit un peu la voix et déclara :

— Frau Radky, le moment est venu de parler des leçons de piano de votre fille.

Mutti, bouche entrouverte, s'apprêtait à répondre, mais il enchaîna :

— J'ai demandé à Nina de venir deux fois par semaine. Elle m'a appris que vous souffriez de migraines, mais qu'elle s'efforçait de ne jamais vous déranger avec la musique. J'ose donc espérer que vous ne verrez pas d'inconvénient à ce qu'elle continue de s'entraîner le plus souvent possible, lorsque vous vous absentez, par exemple.

Il termina sa phrase par un nouveau sourire

désarmant. Mutti hocha la tête, puis, répétant un discours qu'elle semblait avoir appris par cœur, elle déclina sa requête :

— Écoutez, j'ai peut-être l'opportunité de vendre notre piano à un très bon prix. Nous avons grand besoin de cet argent. D'autre part, notre appartement est trop petit : pensez, c'est ridicule ! Nous sommes obligées de prendre nos repas sur une minuscule table de cuisine, à cause de ce piano !

— Pardonnez mon insolence, chère madame : je crois que vous ne comprenez pas ! Nina possède un talent indéniable ! Son frère lui a permis d'acquérir une très grande sensibilité artistique ; mais maintenant, elle doit prendre des leçons, pour se perfectionner. Elle a donc besoin d'un piano, et je ne vois là-dedans rien de ridicule ! C'est au contraire bien plus important, croyez-moi, que d'acquérir une grande table pour votre salle à manger !

Mutti, indignée, répliqua d'un ton sec :

— Quoi qu'il en soit, je n'ai pas les moyens de payer à ma fille des leçons de piano. Nina n'aurait jamais dû vous le laisser croire. C'était sa tante qui nous avait gracieusement permis d'offrir à Johann le moyen de devenir un grand pianiste. Nous ne pouvons décemment pas lui soutirer de nouveau de l'argent!

— Mais Nina me paie déjà bien assez! Elle travaille pour moi!

— Ah bon, et comment ? hoquetai-je.

— Euh... Oui, puisque vous étudiez avec sérieux, et que vous répétez chaque jour vos exercices pendant des heures! sourit-il à mon attention. Quant à vous, madame, si vous me faisiez le plaisir de garder votre piano, je m'en verrais satisfait. Je n'attends pas d'autre participation de votre part.

— C'est très aimable à vous, mais nous avons néanmoins besoin de cette somme, répliqua Mutti.

Sa voix tremblait, comme si l'effort qu'elle fournissait pour rester polie lui était devenu insoutenable.

— Il me reste à rembourser certains frais médicaux de Johann, et puis, le cours de la vie augmente! Les clients se font de plus en plus rares, à la boutique, et...

— Mais avant-hier, tu m'as dit que ça allait mieux ? risquai-je timidement. Tu te souviens ? Tu m'as même dit que tu avais de nouvelles commandes, et que Herr Rosenwald pensait que ses affaires allaient reprendre!

— Cela s'arrange un peu, concéda-t-elle à regret, mais la situation est encore très fragile !

Frau Vogel, qui se contenait depuis déjà un moment, reposa brutalement sa tasse de porcelaine sur sa soucoupe.

— Anneliese, écoute, d'habitude, j'essaie de te comprendre, mais cette fois, excuse-moi, tu exagères ! Quelle idée, vraiment ! Vouloir vendre ce piano, alors que tu sais que la petite adore en jouer ! Si tu as tant besoin d'argent, pourquoi ne pas te débarrasser de cette commode en acajou, qui est restée dans la chambre de Johann ? Je t'ai déjà dit que ma voisine de palier, Helga Müller, désespère d'en trouver une de cette époque ! La tienne est un vrai bijou, tu pourrais en tirer une fortune !

— Peut-être, mais certainement pas autant que ce que vaut le piano !

Une idée de génie me traversa l'esprit.

— Mutti, n'oublie pas que tu as promis de m'en acheter un d'occasion ! Ça fait tout de même une certaine somme ! Si tu la déduis du prix de vente de notre piano, il ne te restera guère plus que l'argent de la commode…

Mutti serra très fort les lèvres, comme si un torrent de paroles acides menaçait d'en jaillir à tout moment. Je baissai les yeux, craignant d'affronter sa colère. Heureusement, Herr Hummel m'adressa un signe discret de la main. Je me sentis aussitôt réconfortée.

— Nina a raison! insista gaiement Frau Vogel.

— Mais… J'ai promis ce piano à Herr von Prettin! C'est trop tard… Je ne peux plus l'appeler, maintenant, pour lui dire que j'ai changé d'avis. Pour qui me prendrait-il ?

Eulalie bourdonnait toujours en sourdine.

— Flash d'informations spéciales… Adolf Hitler… ce matin… menaces…

Je priais en secret pour que les adultes ne prêtent pas attention à la radio. Pas maintenant! L'heure était trop cruciale : mon avenir entier en dépendait!

— J'ai peut-être une solution, suggéra Herr Hummel. Les Jacobson, de l'autre côté de la cour, m'ont dit qu'ils cherchaient à vendre leur piano. Ils sont venus me demander l'autre soir d'aller l'essayer. L'expertiser, en quelque sorte! Ce n'est certes pas une splendeur, mais c'est un très bon piano d'étude, bien accordé, en excellent état. Ils n'en demandent presque rien! Oui, ils veulent s'en débarrasser au plus vite, car ils ont l'intention de quitter l'Autriche pendant qu'il est encore temps. Ils savent que

Hitler déteste les Juifs... et ils craignent la montée du parti nazi à Vienne. Je pourrais leur soumettre l'adresse des von Prettin ?

— Mais...

— Il n'y a pas de «mais», Frau Radky ! conclut posément Herr Hummel. Vous devez avant tout penser à votre fille.

— Je lui ai promis que nous chercherions un autre piano... Plus tard, quand nous aurons l'argent...

— Plus tard, ce sera trop tard, chère madame ! Les musiciens ont besoin de s'exercer quotidiennement, et ce pendant plusieurs heures, s'ils veulent réussir ! Et c'est ce que j'attends de Nina. Elle va d'ailleurs devoir travailler d'arrache-pied, si elle entend être prête le mois prochain, pour le récital.

Je restai bouche bée.

— Moi ? Un récital ? Le mois prochain ? Mais où ?

— À l'Académie de musique et des arts du spectacle !

Mutti s'enflamma :

— Comment ? J'espère que vous n'avez pas l'audace d'inventer cet argument ridicule pour me convaincre !

Mon professeur secoua la tête :

— Le professeur Lothar Haas, qui enseigne le piano à l'Académie, est l'un de mes amis. Tous les ans, il organise un récital qui s'adresse aux nouveaux talents, comme Nina. Je lui ai demandé, pas plus tard qu'hier, de bien vouloir accepter la présence de votre fille parmi ses jeunes recrues, pour le concert du mois prochain. Bien sûr, il faut que Nina accepte cette proposition !

Je n'en croyais pas mes oreilles. Jouer devant un public de connaisseurs, à l'Académie ! Quelle chance ! C'était donc ce que Herr Hummel avait en tête, quand il disait qu'il voulait qu'on m'entende… Je pensais, moi, qu'il prévoyait d'inviter quelques voisins et amis, un après-midi, et encore ! Je craignais qu'il n'ait aussitôt oublié… D'ailleurs, était-ce vraiment une bonne idée ? Lui, il voyait beaucoup plus loin, beaucoup plus haut ! L'Académie, rien que ça ! Et le mois prochain !

Soudain, les beignets que j'avais avalés se mirent à danser la polka dans mon estomac. Et ma robe en laine me tenait maintenant beaucoup trop chaud.

Frau Vogel, en proie à une excitation intense, regardait alternativement Herr Hummel et Mutti.

— Qu'en dis-tu, Anneliese ? C'est merveilleux, n'est-ce pas ?

— Non, non, et non ! se récria Mutti. Mais enfin, c'est parfaitement ridicule ! Où avez-vous la tête ?

Calmement, Herr Hummel reformula son projet :

— J'ai l'intention de présenter Nina au récital des futurs espoirs de l'Académie de Vienne, le mois prochain. Et pour travailler, elle a besoin de son piano.

Les sourcils levés, il la regardait, silencieux, dans l'attente de sa réponse. Mutti poussa un profond soupir :

— Bon, d'accord ! Je vois bien que vous vous êtes ligués contre moi ! C'est un complot ! Vous avez gagné, tous les trois : nous ne nous séparerons pas de ce piano.

— Mutti ! Tu le penses vraiment ?

— Oui, espèce de sauterelle ! Puisque je te le dis !

Frau Vogel m'adressa un sourire victorieux.

— Mais attention ! reprit Mutti. Vous venez seulement d'arriver à Vienne. Vous ignorez peut-être le niveau de difficultés et les qualités exigées à l'Académie. Moi, je les connais... Mon fils avait l'habitude de donner des concerts, là-bas ! Êtes-vous vraiment certain que Nina…

— Pourquoi ne pas le lui demander ? C'est elle la principale intéressée, après tout ! C'est à elle de nous dire si elle se sent prête… Si ce n'est pas le cas, nous oublierons tout !

Ils se retournèrent tous vers moi, suspendus à mes lèvres. Mutti, blanche de colère ; Herr Hummel, calme et serein, et Frau Vogel, les yeux écarquillés comme un enfant qui verrait la Belle au Bois dormant se réveiller devant lui.

— Je… Euh… Je…

Dans mes rêves les plus fous, j'étais prête, bien sûr ! Puisque je me sentais chez moi au Musikverein !

Mais en vrai ? Serais-je à la hauteur de mon rêve ? Aurais-je au moins le courage d'essayer ?

Herr Hummel m'avait accordé sa confiance. Je n'avais pas le droit de le décevoir.

Et moi, encore moins.

— Oui, affirmai-je. Je veux participer à ce récital.

Chapitre 5

Sur le chemin du retour, Mutti marchait si vite qu'il me fallait pratiquement courir pour rester à ses côtés. Lèvres pincées, mâchoires serrées, elle ruminait sa colère.

— Non, mais qui est cet énergumène, qui se croit tout permis ? fulminait-elle. Que savons-nous de lui, en fin de compte ? D'où vient-il ? Dieu, quel culot ! Te pousser comme ça à jouer à l'Académie !

— Il ne m'a pas forcée, n'oublie pas. J'ai accepté, je veux vraiment participer au récital !

Mutti se retourna si brutalement qu'elle faillit me donner un violent coup de coude.

— As-tu bien la tête sur les épaules, ma

petite ? Tu te souviens, tout de même, des concerts que donnait Johann ? Et d'Elsa, la fille qui avait eu l'opportunité d'enregistrer un disque ? Et Heinz, le concurrent de ton frère ? Voilà le type d'élèves à qui tu vas être confrontée ! Des enfants prodiges ! De véritables talents ! Et tu te crois à la hauteur, peut-être ?

Je ne trouvai rien à répondre à ça. J'étais furieuse. Pourquoi ne croyait-elle pas en moi ? Pourquoi n'avait-elle jamais à mon égard une seule parole d'encouragement ? C'est ce que les mères sont censées faire, non ?

Mais, au fond, je devais bien admettre qu'elle avait sans doute raison. Je n'avais jamais joué en public, et voilà que j'acceptais de participer au prochain récital de l'Académie de Vienne !

Je me surpris à trembler, fiévreuse, comme si j'avais attrapé une mauvaise grippe.

Cette nuit-là, je fis un cauchemar atroce. J'avançai sur la scène d'un grand théâtre, souriante, sûre de moi. Une foule immense était venue m'applaudir. Mais au moment de jouer, évidemment, le gros trou noir ! Impossible de me souvenir du morceau que je devais interpréter ! Je pleurais ; à travers mes larmes, la partition était devenue illisible. Je ne comprenais plus rien à ce que j'avais devant les yeux, tout s'embrouillait. Soudain, les notes de musique de la page se transformaient en immondes insectes noirs et grouillants. Ils changeaient de place sans arrêt. J'étais définitivement perdue ! Au premier rang, Herr Hummel me regardait, interloqué. Je lui murmurais : « Je ne peux plus jouer ! », et toute la salle entendait. Les spectateurs se levaient les uns après les autres, en sifflant. « Hou ! Hou ! Elle ne sait pas jouer ! Et c'est la sœur de Johann Radky, en plus ! » La voix de Mutti s'élevait du balcon : « Puisque c'est comme ça, je vends le piano ! Elle ne le mérite pas ! » Et là, un homme pointait son doigt sur moi. Il pouffait : « Regardez, elle est venue sur scène en chemise de nuit ! » Je baissai les yeux : il avait raison ! Tout le monde riait à gorge déployée. Morte de honte, je courais me réfugier dans les coulisses, mais je me prenais les pieds dans les cordons des rideaux de scène !

Je me réveillai en sursaut, le front moite. Dehors, le soleil brillait ; les tourterelles roucoulaient paresseusement sur le toit de l'immeuble. De la cuisine me parvenaient les bruits des tasses qui s'entrechoquaient, et les voix étouffées de Frau Vogel et de Mutti. Le dimanche matin, en effet, Frau Vogel allait à la première messe de l'église, au coin de la rue. Sur le chemin du retour, elle avait pris l'habitude de s'arrêter chez nous boire un café.

Je restai quelques minutes de plus dans la chaleur confortable de mon lit, laissant la lumière du jour chasser lentement les dernières ombres de mon cauchemar. Puis j'enfilai une robe de chambre et me dirigeai vers la cuisine. Dans le couloir, j'entendis Frau Vogel s'écrier, d'une voix pleine de reproches :

— Qui aurait pu se douter de ce qu'il manigançait ?

Était-elle en train de critiquer Herr Hummel ?

— Je me moque de savoir qui est à la tête du gouvernement, répliquait Mutti quand j'entrai dans la cuisine. Pourvu qu'on nous épargne une nouvelle guerre ! C'est tout ce que je demande !

— La guerre ? Mais de quoi parlez-vous ?

— Des dernières nouvelles ! soupira Frau Vogel en versant du chocolat dans ma tasse. Mon Eulalie m'a appris ce matin que le chancelier Schuschnigg s'est rendu en Allemagne pour y rencontrer Hitler. Que penses-tu de ça ? Il part faire du ski dans les Alpes, et hop ! Un petit tour chez Hitler en secret ! Je me méfie de lui, moi...

— Tant que cela ne nous conduit pas à la guerre, je m'en moque ! insistait Mutti. D'ailleurs, je suis persuadée que tu te fais du souci pour rien, Hilde. Regarde, c'est écrit noir sur blanc dans le *Wiener Zeitung*, aujourd'hui ! Tu vois ? « *Les négociations entre Hitler et Schuschnigg se sont déroulées dans une atmosphère cordiale de détente...* » Hitler s'est même déplacé en personne au chalet de Schuschnigg pour lui présenter ses hommages ! Alors ?

— Évidemment ! Les tyrans sont toujours très polis envers ceux qui sont à leurs pieds ! Qui sait s'il ne va pas se mettre à lui lécher les bottes, pendant qu'il y est ?

— Hilde, voyons ! s'offusqua Mutti, un petit sourire au coin des lèvres.

En riant, j'attrapai un petit pain tressé dans la corbeille. Notre chancelier était un homme éclairé et placide. Avec ses grosses lunettes rondes, qui lui donnaient l'air d'une chouette, et son visage sérieux, je l'imaginais mal faire ce que Frau Vogel suggérait !

Celle-ci baissa la voix :

— Anneliese, tu ne te souviens donc pas de l'aurore boréale ?

Un petit frisson parcourut ma colonne vertébrale. Le mois dernier, en effet, le ciel de Vienne s'était voilé de vastes rideaux de gaze verte, bordés de rose, où dansaient de longs rais d'une chatoyante lumière blanche. De-ci, de-là, le ciel s'était embrasé ; les grands faisceaux qui avaient déchiré la nuit s'éteignaient ensuite en laissant de pâles traînées de poudre jaune. Fascinée, j'avais applaudi ; mais autour de moi, les gens s'inquiétaient. Partout, on murmurait que c'était de mauvais augure. « La dernière fois qu'on a vu ça, à Vienne, nous avait dit un vieil homme, dans la rue, c'était en 1805. Quelques jours plus tard, Napoléon s'emparait de la ville ! »

— C'est de la superstition, répliqua Mutti, en haussant les épaules.

— Peut-être ! Mais si j'étais toi, je chercherais une autre place. Ton cher Rosenwald a eu de la chance, jusqu'ici ; Mais… si les nazis envahissent l'Autriche, je ne donne pas cher de sa peau ! Les Juifs seront persécutés, comme en Allemagne, et tu verras qu'ils chercheront des poux dans la tête de ceux qui les ont fréquentés ! Amis, collègues, ils ne feront pas la différence !

— C'est vrai, Mutti ?

— Mais non, bien sûr ! affirma-t-elle d'une voix tranchante, pour chasser les craintes de son amie. Les Rosenwald sont là depuis des générations, c'est une famille très respectée, à Vienne ! Ils ont de l'argent, et le bras long. Ils connaissent beaucoup de gens haut placés, qui ne sont pas seulement leurs clients, mais aussi leurs amis ! Que pourraient-ils craindre ? Personne ne leur veut aucun mal.

Mutti avait raison : à Vienne, tout le monde les adorait. D'ailleurs, comment aurait-il pu en être autrement ? Personne ne résistait au charme espiègle de Frau Rosenwald. Ses yeux noirs pétillaient en permanence, éclairant son petit rire perlé, qui jaillissait en cascade chaque fois qu'on lui racontait une histoire drôle. Elle faisait la paire avec son mari, qui respirait la santé, avec son gros ventre et sa voix tonitruante. Ces deux-là, au moins, ne traversaient pas la vie sur la pointe des pieds, le nez pincé et raides comme des piquets ! On les imaginait très mal s'accommoder du rythme cadencé d'une valse, dans un salon bourgeois. Non ! Il leur fallait de l'espace, et de la bonne humeur ! La vie, ils la saisissaient à pleines mains, avec énergie, bondissant et virevoltant à perdre haleine, comme de joyeux drilles sur un air de polka.

Astucieux, et jamais à court de repartie, ils semblaient affronter les difficultés quotidiennes avec une profonde sérénité, comme s'il ne pouvait jamais rien leur arriver de grave.

Et puis, j'avais d'autres chats à fouetter que les nazis ; pas le temps de me soucier d'eux ! Je devais plutôt me concentrer sur mon prochain récital. Il fallait bien s'en remettre au chancelier Schuschnigg – et à Frau Vogel – pour veiller sur l'Autriche.

Je terminai mes devoirs l'après-midi. Il me restait seulement à trouver le thème de ma rédaction ! Le plus beau jour de ma vie serait peut-être celui du récital ? Hmmm ! Ce pouvait aussi bien être le pire de tous ! De toute façon, il ne fallait pas que je traîne : je devais rendre ce travail dans dix jours, le 23 février.

En rentrant de l'école, lundi soir, je m'aperçus, en discutant avec mes camarades de classe, qu'elles avaient déjà toutes commencé leur rédaction. Annemarie avait décidé de raconter la naissance de son petit frère. Paula, le jour de son dixième anniversaire, quand ses parents l'avaient emmenée au Prater, le parc d'attractions qui nous faisait toutes rêver. Et Hedi, un jour à la ferme, chez ses grands-parents.

— Et toi, Nina ? me demanda Annemarie.

— Je ne sais pas encore…

— Tu pourrais inventer quelque chose !

— J'ai trouvé ! s'exclama Paula. Tu pourrais décrire le jour où l'on a appris qu'on aurait Frau Schäffer en anglais !

On a toutes éclaté de rire.

Au bas de Mariahilferstrasse, on s'est séparées. Käthe et Hedi sont allées s'acheter un goûter chez Hermann, le boulanger du coin. Paula a accompagné Annemarie chez elle, pour faire ensemble leurs devoirs. Et moi, j'ai pris le chemin de la maison. Seule, comme d'habitude.

Je devrais peut-être, un jour, leur proposer de venir boire un chocolat chez moi. Le matin, il me suffirait de dire à Frau Vogel que j'avais des invitées le soir même pour qu'elle me prépare un bon gâteau. On travaillerait, on écouterait la radio… Ce serait bien…

Mais j'avais trop peur qu'elles n'inventent des excuses pour ne pas venir. Ou pire : qu'elles viennent, et que Mutti rentre de la boutique avec une méchante migraine. Elle les renverrait toutes chez elles. C'était déjà arrivé plus d'une fois, avec Erika. On rentrait de l'école, toutes contentes, pour trouver Mutti, blanche comme un linge, qui ne supportait pas le moindre bruit. Alors, au bout d'un certain temps, on avait fini par ne plus venir à la maison. On allait chez les Brauner. Là, au moins, on pouvait gesticuler à notre aise, bavarder, et rigoler comme des bossues, sans gêner personne.

Non, décidai-je, je ne les inviterai jamais à prendre un goûter chez moi. C'était plus sûr comme ça.

Une fois la porte de notre appartement fermée, je me débarrassai de mon cartable et de mon manteau, puis m'installai aussitôt au piano. Scarlatti, Mendelssohn et Schumann me tentaient bien, mais je résolus de travailler d'abord mes études. C'était comme être obligé de manger des restes de viande bouillie, sans pouvoir toucher à la délicieuse tarte au chocolat qui traîne devant vos yeux. Mais je me forçai, pour prouver à Herr Hummel que j'étais une élève sérieuse.

Le jour suivant, après l'école, je ne restai pas à bavarder avec les filles de ma classe. Je courus à la maison, empoignai mes partitions et dévalai la rue pour me rendre à ma leçon de piano. J'avais hâte d'en savoir plus sur le récital ! À peine entrée chez lui, j'assaillis mon professeur de questions.

— Alors, c'est quand, ce récital ? Combien

d'enfants vont y participer ? Que voulez-vous que je joue ? Et il y aura qui, dans le public ?

Herr Hummel me sourit.

— Allez plutôt vous asseoir dans le canapé et manger quelques macarons, pendant que je range votre manteau !

Quand il se fut installé près de moi, il déclara :

— Le récital aura lieu à l'Académie, le vendredi 11 mars, à dix-sept heures précises.

— Quoi ! Mais on est le 15 février ! Il me reste moins d'un mois pour me préparer !

Herr Hummel leva la main, pour calmer mon agitation.

— Je sais. C'est pourquoi nous allons devoir choisir un morceau assez court, que vous pourrez travailler pendant le peu de temps qu'il vous reste. Votre frère connaissait peut-être le professeur Lothar Haas, qui organise ce récital de jeunes talents ?

J'acquiesçai ; je me souvenais en effet d'un homme presque chauve, de l'âge de Herr Hummel. Il portait des lunettes sans monture et avait un air très sérieux. Il m'avait beaucoup impressionnée, à l'époque.

— Nous avons fait nos études ensemble à Munich, et nous sommes devenus amis, reprit

Herr Hummel. Ensuite, il a épousé la jeune femme qu'il aimait depuis des années ; ils ont eu une petite fille, Liesl. Quelques années plus tard, ils sont partis vivre à Vienne. Mais la femme et la fille de Lothar sont mortes de la grippe espagnole, qui a frappé tout le nord de l'Europe après la Première Guerre mondiale.

Pas étonnant, pensai-je, que je me souvienne d'un homme au visage toujours triste.

— La petite Liesl était née en mars. Aussi, comme Lothar aime les enfants et que sa fille lui manque beaucoup, il a décidé de réunir, tous les ans au mois de mars, une dizaine de jeunes talents encore inconnus. Il sait qu'il en existe un très grand nombre, qui ont besoin de se produire en public pour progresser encore. Lothar demande donc à ses amis de donner à leurs meilleurs élèves ce petit coup de pouce... Mais c'est aussi une façon, pour les professeurs de l'Académie, de connaître leurs futures recrues !

— Et les autres enfants ? m'inquiétai-je. Ils sont tous plus doués que moi ?

Il haussa les épaules, souriant.

— Certains sont déjà plus âgés ; ils auront étudié le piano depuis plus longtemps que vous, bien sûr. Mais ce ne sont en aucun cas des musiciens accomplis !

Ouf ! Au moins, sur ce point, Mutti avait tort. Pas d'Elsa, ni de Heinz, ni de Johann... Cependant, une chose m'ennuyait encore.

— Herr Hummel..., osai-je, l'estomac noué. Est-ce que le professeur Haas a accepté que je joue uniquement parce que je suis la sœur de Johann ?

Il leva au ciel ses sourcils, surpris. S'il affirmait, même pour me rassurer, que cela n'avait aucune espèce d'importance, et que l'essentiel était la qualité de mon interprétation, je saurais que j'avais raison.

Mais il secoua la tête.

— C'est absurde, enfin ! Je n'ai pas encore donné votre nom à Lothar ! Je lui ai simplement dit que j'avais une élève qu'il devait absolument écouter. C'est là qu'il m'a proposé de vous faire participer à son récital.

— Et je vais passer une audition, un concours, quelque chose comme ça ? Comment peut-il savoir si je suis assez douée, sans m'avoir jamais rencontrée ?

— Il fait confiance à mon jugement, voilà tout. Bon ! Au piano, maintenant ! Mon ange aimerait vous entendre.

J'exécutai les études que j'avais travaillées pendant la semaine, puis en déchiffrai deux nouvelles. Enfin, Herr Hummel aborda le sujet qui me tenait principalement à cœur :

— J'ai pensé que nous pourrions peut-être arrêter notre choix sur la sixième des *Romances sans paroles* de Mendelssohn, pour le récital. Qu'en dites-vous ?

Parfait ! Je ne connaissais cette œuvre que depuis une semaine, mais je l'aimais déjà.

— Bien ! Mais il faut trouver autre chose. Un morceau plus gai, enjoué, comme une sonate, une valse…

La sonate de Scarlatti en *sol* majeur, bien sûr ! Celle que je préférais !

Herr Hummel, enthousiasmé par cette proposition, en dénicha la partition au fond de l'un de ses tiroirs. Le menton dans les mains, il se mit à arpenter le salon dans mon dos, silencieux et attentif à la moindre nuance de mon interprétation.

— Bien, bien, excellente idée ! Maintenant, il va falloir le travailler sérieusement. Mais attention, vous ne devez pas vous croire autorisée à négliger vos gammes ! C'est fondamental ! Revenez aussi régulièrement sur les passages de Bach et de Schumann que j'ai cochés dans votre méthode. Sincèrement, Nina, dites-moi : de combien de temps vous disposez chaque jour pour travailler ?

— Deux heures, à peine plus. Je reviens de l'école à deux heures et demie, et Mutti rentre généralement de la boutique à cinq heures. Parfois, six, quand elle doit absolument terminer une robe pour une cliente. J'en profite toujours pour m'exercer un peu plus, mais ça arrive rarement. Le dimanche, c'est résolument impossible. Elle ne m'a jamais formellement interdit de jouer, mais vous voyez comme elle se comporte ! Soit elle n'arrête pas de soupirer, soit elle s'enferme dans sa chambre, pour bien me faire comprendre que je l'ennuie. Ah, oui, ou alors, elle tourne sans cesse autour de moi, elle me demande douze milliards de fois si j'ai bien fini mes devoirs... Enfin, elle trouve toujours quelqu'un à appeler au téléphone. C'est pratique, comme ça elle prétexte qu'elle n'entend rien, et me supplie d'arrêter !

Herr Hummel réfléchit un moment, le front entre les mains. Puis son visage s'éclaira :

— Attendez ! J'ai une idée !

Il quitta le salon pour se rendre à la cuisine. Quelques secondes plus tard, il revint, secouant un objet dans sa main.

— Tenez ! C'est le double des clés de mon

appartement ! Le dimanche après-midi, avec Lothar, on aime bien se retrouver pour boire quelques bières et refaire le monde. Voilà ce que je vous propose : vous êtes libre de venir travailler ici pendant ce temps. Avec ce trousseau, vous n'aurez pas besoin de demander au concierge de vous ouvrir.

— Oh merci ! Merci mille fois !

J'avais les larmes aux yeux. Rien ne pouvait autant me toucher. Avoir la possibilité de répéter de longues heures, sans ennuyer personne, et sur ce magnifique piano, en plus ! Le rêve !

— Mais, professeur, cette fois je ne peux pas accepter sans vous payer ! Je veux dire... avec de l'argent ! Mutti m'a promis de m'en donner. Elle trouve...

Je retins ma langue de justesse. Elle ne voulait pas de la pitié de mon professeur. « Il doit sûrement penser que nous sommes plus pauvres que lui, mais je ne lui laisserai pas ce plaisir ! » avait-elle sifflé, méprisante.

— Enfin, bref, j'insiste. Je tiens à payer mes leçons !

Herr Hummel secoua la tête.

— Je n'accepte d'argent que de la part des fils de familles riches, ennuyeux et sans une once de talent. Dites à votre mère de garder cette somme pour vous payer autre chose. Une nouvelle robe pour le récital, par exemple ! Je sais à quel point ce détail compte pour les jeunes filles !

Je souris. Il n'avait pas entièrement tort... Entre la chemise de nuit de mon cauchemar et l'une de mes robes démodées, il n'y avait pas de grande différence ! Mais non : ce serait injuste de garder pour moi l'argent de mes leçons, alors que mon professeur ne portait lui-même que des pulls délavés, et que les ressorts de son vieux canapé menaçaient à tout instant de crever le tissu ! Si seulement il n'était pas si fier !

Je ruminai ces pensées dans ma tête sur le chemin du retour. Il faudrait trouver le moyen de glisser l'argent quelque part, sans qu'il s'en aperçoive. De cette façon, il ne pourrait pas deviner d'où il venait ! Mais comment faire ? Laisser tomber quelques schillings dans la poche de son imperméable, accroché au portemanteau, dans l'entrée ? Hmmm... Pas très discret ! Alors, lui poster une lettre sans adresse d'expéditeur ? Pas plus convaincant : le facteur pouvait se tromper... Ça arrivait fréquemment, d'autant que Herr Hummel n'habitait pas dans l'immeuble depuis très longtemps.

Soudain, j'eus une idée lumineuse. Mais oui ! Le secrétaire des Brauner ! Je pourrais facilement glisser l'argent dans le tiroir secret, le dimanche après-midi. Hop, ni vu ni connu ! Et puis, un jour, après une leçon, je dirais par hasard : « Au fait, saviez-vous qu'il y a un petit compartiment secret, dans ce meuble ? Regardez, je vais vous montrer. » Et je pourrais mimer la surprise en découvrant avec lui mes schillings ; bien sûr je ferais mine d'ignorer leur provenance. « Je vous assure, mentirais-je, cet argent n'y était pas quand les Brauner ont quitté les lieux ! Je le sais, parce que j'ai vérifié moi-même avec Erika que le tiroir était bien vide, avant leur départ. Frau Klodzko a dû les oublier, la pauvre ! Elle s'est sauvée si vite... Et personne ne connaît son adresse, maintenant. Je crois bien que ces schillings vous reviennent de plein droit. » La seule chose, c'est qu'il me faudrait attendre quelques mois, pour rassembler une somme assez conséquente : comme ça, la surprise serait encore meilleure !

Fière de mon idée, je grimpai quatre à quatre les marches de l'escalier de notre immeuble. Après avoir fermé la porte de l'appartement, je consultai notre courrier : une facture pour Mutti ; une lettre pour Mutti, et une autre carte postale pour elle ! Plus d'un mois maintenant que je n'avais pas de nouvelles d'Erika ! Elle m'avait peut-être écrit, et sa lettre avait pu se perdre ? À moins qu'elle ne soit désormais trop occupée, avec sa grande copine Rosemary, et qu'elle n'ait plus envie de correspondre avec moi ?

Je travaillai une heure mon piano, puis laissai un mot à Mutti pour la prévenir que je montais au grenier. J'avais encore de quoi m'occuper, là-haut !

Il me restait en effet quelques partitions à trier. Beethoven : B ; Liszt : L ; Schumann : S ; Mozart : M… J'avais l'impression d'être un automate, à force de tourner à droite, à gauche, pour ranger les recueils de chaque compositeur dans la bonne pile.

Je caressai doucement la couverture poussiéreuse d'une partition des *Nocturnes* de Chopin que je venais de retrouver au fond d'une malle. Johann avait joué ce morceau au dernier récital de l'Académie, à peine un mois avant sa mort. J'avais retenu ma respiration chaque fois qu'il abordait un passage difficile, comme si cela pouvait l'aider. Évidemment, il s'en était très bien sorti ; à la fin, un tonnerre d'applaudissements avait fait gronder la salle. Mutti, rayonnante, m'avait serrée dans ses bras, avant d'aller chercher Johann dans sa loge. Puis elle nous avait emmenés dîner chez Schöner pour fêter ce brillant succès.

Je levai les yeux au plafond et murmurai : «Johann, tu m'entends, d'où tu es ? Tu sais, maintenant, c'est MOI qui vais jouer à l'Académie ! J'espère que tu ne m'en voudras pas : c'est grâce à toi, tout ça. Tu m'as si bien appris le piano... Je voudrais tellement que tu puisses me voir ! Tu serais fier de moi.»

Dehors, une bourrasque de vent fit claquer un volet. Je sursautai. Je me sentis soudain très seule, dans la pénombre du grenier. Je me dépêchai de ranger les partitions en piles serrées dans la malle. Je n'avais pas encore fini, mais j'avais hâte de redescendre et de retrouver la chaleur confortable du salon.

Mutti épluchait des pommes de terre quand j'entrai dans la cuisine.

— Hmm, ça sent bon ! Pourquoi es-tu déjà là ? Je ne t'attendais pas avant au moins une heure !

— Herr Rosenwald m'a autorisée à quitter mon travail plus tôt aujourd'hui. Il a dit que c'était pour récupérer les heures supplémentaires que j'ai faites la semaine dernière ; mais en réalité il a eu peur que je n'étrangle Frau Waldmann ! Remarque... Ce n'était pas l'envie qui m'en manquait ! Quelle plaie ! Elle passe à la boutique trois fois par jour pour voir si sa robe est prête. Des clientes comme celles-là, je m'en passerais volontiers, si j'avais le choix ! Et cet après-midi encore, elle a appelé, pour prévenir qu'elle passerait à quatre heures. « Vous comprenez, le bal n'est que dans une semaine, je commence à me faire du souci ! » Est-ce que je vais au bal, moi ?

— Tu le mériterais, pourtant !

Mutti m'adressa un sourire las. J'aimerais tellement la voir un jour valser à l'un des nombreux bals donnés à Vienne, chaque hiver, à l'occasion du carnaval traditionnel. Elle travaillait toujours comme une forcenée, à cette époque de l'année, pour coudre les tenues de ces dames qui iraient se pavaner ensuite sur les parquets des salons ; ça me semblait vraiment injuste de la voir se fatiguer pour rien : car, même avec une robe splendide, Frau Waldmann aurait bien du mal à cacher ses gros bourrelets !

Je fouillai dans les placards à la recherche d'une boîte de biscuits secs et m'assis à la table de la cuisine.

— Herr Hummel m'a parlé aujourd'hui du concert auquel je vais participer. En fait, ça n'a rien à voir avec un grand spectacle ! C'est uniquement pour les enfants de mon âge ! Pas pour des élèves en fin de cycle, expérimentés, et tout le tralala... Ce sera vendredi 11 mars, à dix-sept heures précises. On pourra aller fêter ça au Sacher, après, non ? Tu viendras, dis ?

Clac clac clac. Le bruit du couteau contre la planche à découper fut sa seule réponse.

— Mutti ! Tu viendras ?

— Tu as dit que c'était quel jour, déjà ?

— Vendredi 11 mars prochain, à dix-sept heures. S'il te plaît, promets-moi que tu y seras !

Clac clac clac. Pendant de terribles secondes, je crus qu'elle allait refuser.

Mais elle hocha la tête.

— Je viendrai. Si seulement on n'avait pas autant de commandes, pendant le mois de mars, ce serait tellement plus facile ! Bon, je vais quand même essayer de me libérer.

Elle n'avait jamais rencontré aucune difficulté pour assister aux récitals de Johann, remarquai-je. Enfin ! Elle avait accepté, c'était déjà une grande victoire.

— Je vais jouer une sonate de Scarlatti et la sixième des *Romances sans paroles* de

Mendelssohn, m'écriai-je, enthousiaste. Tu veux que je te les fasse écouter, après le dîner ?

— J'ai bien peur de n'avoir envie que d'une chose, après le repas : mon lit ! Je suis exténuée ! J'ai la tête dans un étau, ce soir.

Mutti dut lire ma déception sur mon visage, car elle ajouta :

— Une autre fois, ma chérie ! Et puis, quoi qu'il arrive, je serai bien obligée de les entendre, le jour de ton récital !

Pendant de longues minutes, on n'entendit plus dans la cuisine que le clac-clac du couteau de Mutti, le bouillon des légumes cuisant sur le poêle et le grésillement du rôti dans le four.

J'avalai la dernière bouchée de mon biscuit.

— Mutti, est-ce que tu es fière de moi ?

— Bien sûr ! lâcha-t-elle, surprise. J'ai toujours été très fière de toi, Nina : tu es polie, tu as de bonnes notes à l'école et tu m'aides toujours volontiers à la maison. Tiens, d'ailleurs, en parlant de ça, tu veux bien mettre le couvert ? Tu seras gentille !

Ce n'était pas vraiment ce que j'attendais. Je voulais savoir si elle était fière de savoir que j'allai jouer à l'Académie. Mais elle avait mal compris. Ou bien elle avait fait semblant de ne pas comprendre. Et je n'avais pas envie de le lui expliquer. C'était trop tard, maintenant.

Le cœur lourd, je sortis nos assiettes ébréchées du placard. Parfois, Mutti me paraissait beaucoup plus inaccessible que Johann.

Chapitre 6

Le lendemain matin, avant le cours de sciences naturelles, Elisabeth me montra comment dessiner l'emblème des nazis. Elle cherchait à épater tout le monde avec ce qu'elle avait visiblement appris la veille chez elle. Ce qu'elle pouvait m'énerver !

— Cela s'appelle une svastika, affirmait-elle fièrement. C'est un symbole sacré de l'Inde, un signe de bon augure, en quelque sorte. Pour obtenir une croix gammée, il faut orienter les branches à droite, tu vois, comme ça : la première, penchée comme un fauteuil. Et pour la seconde, tu commences par dessiner une ligne en bas, et tu remontes un peu, avant de terminer par un trait vers la droite. On dirait quelqu'un agenouillé, tu ne trouves pas ? Voilà ! On va bientôt en voir apparaître sur tous les murs de Vienne ! Elles ne sont plus interdites, maintenant ! Mon père m'a dit que Hitler avait même fait signer pour ça un accord entre Schuschnigg et le président Miklas. Ils ont été obligés de libérer tous les prisonniers nazis, et de mettre un membre du parti à la tête de la police et de l'armée autrichienne.

C'était sûrement la raison pour laquelle Frau Vogel avait appelé si tôt ce matin. Le téléphone avait sonné juste au moment où je partais pour l'école. J'avais entendu la voix de Mutti, un peu tremblante, répondre : « Quoi ? Mais, Hilde, le président a peut-être simplement voulu nous éviter la guerre… »

J'ai levé les yeux au ciel, excédée.

— Tu n'es pas la seule à être au courant, figure-toi, Elisabeth !

— Mouais, ça m'étonnerait !

J'ai quand même réussi à m'en débarrasser ; elle a préféré partir ennuyer une autre fille.

— Papa dit que les Juifs seraient prêts à sacrifier leurs mères pour quitter le pays avant que les nazis ne prennent le pouvoir ! ricanait-elle.

Heureusement pour Paula, qui n'avait pas vraiment l'air d'apprécier sa compagnie, notre professeur de sciences naturelles est entré dans la classe.

Je pensai avec tristesse à tous nos amis juifs : les Rosenwald, les Jacobson... Elisabeth me dégoûtait ; une envie soudaine de lui tirer ses jolies boucles blondes de fille à papa s'est mise à me démanger. Un bon coup, comme ça, crac ! Pour lui apprendre la méchanceté !

***

Vendredi après-midi, Herr Hummel m'accueillit avec un grand sourire :

— Ah, Nina, mon élève préférée !

— Votre seule élève, vous voulez dire !

— Oui, et c'est très bien comme ça ! Attendez, je vais éteindre la radio !

Il soupira en coupant la parole au journaliste qui annonçait « Ce matin, à Berlin, le... ».

— Parfois, je me demande pourquoi j'ai quitté l'Allemagne, grommela-t-il en revenant s'asseoir près de moi. À quoi bon ? Tout ça pour retrouver ici ce que j'avais en horreur là-bas ! Les nazis vont bientôt envahir toute l'Europe, sans que personne ne bouge le petit doigt pour les arrêter !

Les épaules tombantes, il secouait la tête d'un air profondément navré.

— Je suis très heureux que vous ayez accepté de participer au récital cette année. Je vous ai peut-être un peu bousculée, mais personne ne sait ce qui peut se passer demain en Autriche. Si ça continue, à ce rythme, Lothar ne sera bientôt plus autorisé à donner aucun concert !

J'acquiesçai, en faisant mine de savoir de quoi il parlait. En réalité je ne comprenais rien du tout. J'étais désolée pour les Juifs, bien sûr ! Mais quel rapport avec la musique ? Un changement dans le gouvernement pouvait donc empêcher quelqu'un d'organiser un récital ? Pourquoi ? Tous les adultes allaient-ils devenir aussi inquiets que Frau Vogel ?

Voir mon professeur aussi abattu m'était insupportable. Vite ! Changer de sujet !

— Au fait ! Mutti a vendu la commode à Frau Müller ! Alors, ça y est, maintenant, promis juré, on garde le piano ! Ouf ! J'ai bien cru qu'on n'allait jamais y arriver ! Au début Mutti était très gênée, elle ne savait pas comment l'annoncer à ses amis. Mais Frau von Prettin a appelé mercredi. Elle était tout excitée à l'idée d'acheter celui des Jacobson pour presque rien ! Elle a dit aussi qu'Elisabeth allait prendre des leçons chez le professeur particulier du président Miklas ! Il paraît qu'il enseigne le piano à ses quatorze enfants. Vous croyez que le président possède quatorze pianos ?

Je me félicitai de le voir enfin sourire.

— Il existe des morceaux à quatre mains… Mais je n'ai jamais eu connaissance d'une œuvre écrite pour vingt-huit mains ! Ah ! Nina, heureusement que vous êtes là pour me changer les idées ! Allez, maintenant, au travail ! Musique, maestro !

Sitôt que les premières notes retentirent, nos soucis s'envolèrent.

Je retrouvai instantanément mon professeur tel que je l'appréciais, arpentant le salon en me guidant de ses critiques :

— Plus douce, la pédale ! Attention, pendant ces quelques mesures, vous devez jouer legato, et seulement à partir de là, revenir au tempo du début ! Non, non, ne piquez pas autant les notes ! Recommencez : plus lié, comme si vous aviez des orteils à la place des doigts ! Pourquoi riez-vous ?

— Non, rien, c'est juste que… je me demande

ce que penserait Schumann, s'il vous entendait me conseiller de jouer comme un pied !

— Mais je suis sûr qu'il comprendrait parfaitement ! Bon, reprenez en haut de la page, deux mesures avant le legato. Voilà ! C'est mieux, maintenant !

Lorsqu'il fut satisfait de mon interprétation, il me demanda de jouer les deux morceaux que nous avions choisis pour l'Académie. Cent fois, je dus arrêter, recommencer : il corrigeait ici mon doigté, là le rythme, encore et encore, jusqu'à ce qu'il déclare enfin :

— Bon. C'est mieux. Nous n'y sommes pas tout à fait, mais je pense que d'ici au 11 mars votre jeu se sera nettement amélioré. Vous serez au point pour le récital.

Plus tard, devant un bol de chocolat fumant, je lui appris que Mutti avait accepté de venir m'écouter.

— Elle n'a pas manifesté un enthousiasme délirant, mais bon, elle sera là. J'espère qu'elle sera fière de moi, comme elle l'était de Johann !

— Mais bien sûr ! Pourquoi voulez-vous qu'elle ne le soit pas ?

— Oh, évidemment, elle l'est, mais elle ne fait jamais allusion au piano.

Je lui racontai la petite conversation que nous avions eue en épluchant les pommes de terre.

— Elle ne croit pas en moi, voilà tout !

Herr Hummel hocha la tête avec compassion :

— Je sais ; j'ai remarqué. Je ne la connais pas suffisamment, mais je suis sûr d'une chose : cela n'a rien à voir avec vous. Elle semble perturbée, malheureuse. Vous voyez, elle est peut-être trop angoissée pour prendre la mesure de votre talent ! Mais beaucoup d'autres personnes croient très fort en vous. Vous le savez, n'est-ce pas ?

— Oui. Vous, par exemple.

Il sourit :

— Oui ! Je sens que vous irez loin, dans la vie. Je ne me fais aucun souci pour vous. Mais qui d'autre, à part moi ?

— Frau Vogel.

— Là, ça ne fait pas l'ombre d'un pli. Et qui encore ?

— Euh… Johann, s'il était là pour me voir ! Et Erika, aussi.

— Je n'en doute pas. Mais j'attends que vous me donniez le nom de quelqu'un d'autre. Une personne très importante.

Je léchai le bout de mon index pour picorer

les quelques miettes de gâteau qui restaient dans mon assiette.

— Herr Haas ! Il doit avoir une confiance aveugle, celui-là, pour m'accepter dans son récital sans m'avoir jamais entendue.

— Certes. Mais je ne faisais pas allusion à mon ami. Non ! Quelqu'un de bien plus important encore !

Plus important que le professeur Haas ? Alors là, je séchais ! Pour mieux réfléchir, je balayai du regard la pièce entière. Au coin de ma paupière, à gauche, un petit scintillement retint soudain toute mon attention.

— L'ange ! m'écriai-je, convaincue d'avoir trouvé.

Herr Hummel manqua de s'étouffer de rire.

— Bon, d'accord ! Admettons que l'ange croie en vous. Mais vous-même, Anna Margareta Radky ? Est-ce que vous croyez en vous ?

Surprise, je me mis à bafouiller.

— Euh, oui, je suppose…

Il pointa son index vers moi.

— Supposer ne suffit pas ! Vous devez être intimement PERSUADÉE de vos compétences. Et pas uniquement en ce qui concerne la musique ! Non, c'est un effort de tous les instants. Réfléchissez bien à ça. Voilà, cela fera d'ailleurs partie de votre travail pour notre prochaine leçon.

Ses mots m'accompagnèrent toute la soirée. En finissant de trier les partitions au grenier, je me souvenais de mon frère ; il ne doutait jamais, lui. Je ne l'avais jamais entendu se plaindre du trac, avant un concert ou même une audition. Avec les gens, il était tellement à l'aise ! Il acceptait toujours de bonne grâce de signer des autographes ; plein d'affabilité, il faisait rire les vieilles dames, en leur faisant du charme, comme si elles étaient encore de vraies demoiselles. Et il séduisait aussi les petites filles, en s'adressant à elles avec le plus grand sérieux, comme si elles avaient son âge.

Et moi ? Rien que de penser au prochain récital, j'avais déjà des crampes dans le ventre, et l'impression que mon cœur allait lâcher. M'adresser à des inconnus était un véritable calvaire, et j'étais même trop timide pour oser inviter Paula ou Hedi à la maison, après l'école. Peut-être manquais-je de confiance en moi, finalement...

D'un autre côté, si je doutais vraiment de moi, je n'aurais jamais accepté de jouer à l'Académie, devant un public de connaisseurs !

Je soupirai, en posant un recueil des sonates de Clementi dans la pile des C.

Ce soir-là, alors que je révisais mon cours de grammaire, Mutti entra dans ma chambre.

— Au fait, dimanche après-midi, je joue au bridge avec mon club. On pensait se retrouver chez Ilse, mais Josef a l'intention d'écouter le discours de Hitler à la radio. J'ai proposé à mes amies de venir ici, pour une fois. Si on en profitait pour demander à Elisabeth de te rejoindre pour le goûter ?

— Non, non, j'ai autre chose de prévu, m'empressai-je de répondre. Je dois aller répéter chez Herr Hummel.

— Quel dommage ! Je croyais que cela te ferait plaisir… Tu ne te sens pas un peu seule, depuis qu'Erika est partie ?

— Si, mais…

Selon Mutti, Elisabeth était « à croquer » ; alors, à quoi bon lui expliquer ?

***

Le dimanche suivant, après avoir débarrassé le salon de mes affaires, je disposai, avec les tasses de porcelaine fine, les petits fours de chez Hermann sur un plateau d'argent. Puis, les bras chargés de partitions, je me dépêchai de quitter la maison avant l'arrivée des amies de Mutti.

Le silence qui régnait dans l'appartement de Herr Hummel m'arrêta sur le seuil. Soudain, une sensation pénible de solitude m'envahit. Les allées et venues de mon professeur dans mon dos allaient certainement me manquer ! Mais dès que je pris place sur le siège confortable qui faisait face au clavier, je commençai à me réjouir. Quel plaisir, de disposer d'un après-midi entier pour répéter ! Cette nouvelle liberté me grisait.

Après trois heures de travail acharné, j'avais l'impression que le piano répondait parfaitement à la moindre inflexion de mes doigts ; il était devenu le prolongement de moi-même. Maintenant, les notes s'écoulaient, légères et fluides, comme si mes mains faisaient s'envoler la mélodie en courant sur le clavier.

Épuisée, mais heureuse, je décidai de prendre une petite pause.

Si je ne voulais pas me faire surprendre, il fallait ranger maintenant mon argent dans le vieux secrétaire. Herr Hummel pouvait rentrer d'une minute à l'autre. Je sortis les billets de la poche de mon manteau et me retournai vers l'ange qui flottait dans la lumière des rideaux :

— Chut ! C'est un secret, d'accord ?

Tremblante d'excitation, je soulevai le double fond du tiroir : il me sembla distinguer un objet plat le long de la paroi. Surprise, je jetai un coup d'œil à l'intérieur : il y avait un passeport allemand et une petite enveloppe soigneusement repliée. Zut ! Herr Hummel connaissait déjà l'existence de cette cachette !

Déçue, je glissai un regard indiscret sur la photo du passeport. C'était bien lui, quelques années auparavant ; son expression s'était aujourd'hui assombrie, comme si une inquiétude permanente le rongeait.

Qui avait pu lui révéler notre petite combine ? Frau Vogel, sûrement. Un soir, il y a déjà longtemps, comme les parents d'Erika étaient sortis au théâtre, elle était venue nous garder. On lui avait expliqué pourquoi ce vieux meuble nous plaisait tant.

« C'est malin, et maintenant ? grognai-je. Qu'est-ce que je fais de mes sous ? »

Je décidai finalement de les glisser dans son passeport. Il penserait peut-être, en les découvrant, qu'il les avait oubliés là. Et puis, quoi ? Si j'étais amenée à lui avouer ma petite indiscrétion, ce ne serait pas si grave ! Je n'avais rien vu de très privé, après tout ! Un passeport, une enveloppe, ça ne mange pas de pain. Le petit complot que j'avais imaginé aurait été plus drôle, mais bon, tant pis !

— Ouh ouh ? Y a quelqu'un ?

C'était la voix de Frau Vogel, du fond du couloir.

Je refermai le secrétaire à toute hâte et m'empressai de la rejoindre.

— Nina ! Je ne savais pas que tu étais là !

Je lui expliquai la raison de ma présence.

— Vous vouliez lui laisser un message ?

— Non, non, je repasserai. Il m'a demandé ce matin de venir lui rapporter ce qu'avait dit Hitler, à la radio. C'était la première fois qu'un programme diffusait l'un de ses discours, sur une onde autrichienne, tu sais ! Eh bien ! souffla-t-elle en affichant une grimace de mépris. Herr Hummel n'a rien perdu ! Trois heures, ça a duré, son baratin ! Et pour parler de quoi ? La productivité allemande, en veux-tu, en voilà ! Et vas-y que je te raconte les progrès de l'industrie ! Et les richesses de l'agriculture, nécessaires pour nourrir les forces de la patrie… Ah ! La barbe ! Pour un peu, il nous disait aussi combien de chatons sont nés cette année en Allemagne, grâce au remarquable dévouement des chats allemands à leur si beau pays !

Je gloussai.

— Au fait, vous voulez écouter ce que je jouerai à l'Académie ?

— Oh oui ! Avec plaisir ! Au moins, ça me changera de toutes ces sornettes ! Mes pauvres oreilles ont bien besoin de grand art, après ce qu'elles ont subi aujourd'hui !

Elle prit place dans le canapé, dos droit et mains posées sur les genoux, comme si elle s'apprêtait à entendre un concert de l'Orchestre philarmonique de Vienne.

Je ne connaissais pas encore les morceaux de mémoire ; j'installai donc la partition de Scarlatti sur le pupitre et commençai. Pour m'entraîner, j'imaginai que le jour du récital était venu. Devant moi, le public, composé de centaines de parents et des professeurs les plus réputés. L'idée seule me fit frémir : mon cœur aussitôt s'emballa, et mes mains se mirent à ruisseler.

Hmm ! Mieux valait que je me concentre sur le visage bienveillant de Frau Vogel. Avec ses cheveux gris et son petit tablier à fleurs, elle avait l'air parfaitement inoffensive.

Je réussis à jouer ma sonate sans trop de

mal. Et j'abordai ensuite Mendelssohn avec plus d'aisance.

— Bravo, bravo ! s'emporta Frau Vogel à la fin du morceau. Ta maman va être fière de toi, le jour du récital !

— Je crois plutôt qu'elle n'a pas envie de venir, répondis-je tristement.

— Oh, vraiment, cette mère ! Quelle vilaine ! Elle devrait se réjouir d'avoir un deuxième pianiste dans la famille, au lieu de se braquer comme ça ! Je n'arrête pas de le lui répéter, mais on dirait qu'elle n'entend pas…

— Vous savez, parfois, j'ai l'impression que… Mutti aimait Johann plus que moi. Il était malade, je sais, et il avait besoin qu'on veille sur lui, mais… Parfois, je sens que…

Je n'osai pas terminer ma phrase : Mutti aurait peut-être préféré que ce soit moi qui meure, à la place de mon frère…

Frau Vogel fit claquer sa langue, en venant s'asseoir près de moi.

— Oh, ma chérie, débarrasse-toi vite de ces idées noires ! Tu sais qu'elle t'aime énormément ; mais je pourrais te le dire toute la sainte journée, ça ne servirait à rien, tu en douterais encore, n'est-ce pas ? Tu aurais besoin de l'entendre de sa propre bouche, pour t'en convaincre !

Compatissante, elle me caressa doucement la joue.

— Écoute, je vais lui en toucher deux mots ! Il faut qu'elle sache ce que tu ressens.

— Merci, mais il vaudrait mieux que j'arrive à lui parler moi-même.

Frau Vogel me donna un gros baiser sur le front :

— Tu as raison. Mais si tu as besoin d'aide, tu sais que je serai toujours là pour toi. N'hésite pas à me demander ! Ta maman a peut-être besoin qu'on lui secoue un peu les puces, aussi… Bon ! Il faut que je me dépêche, j'ai un gâteau à cuire, moi ! Oui, j'ai préparé un moka pour Helga Müller, la pauvre, elle est clouée au lit avec une hernie !

Je la raccompagnai sur le pas de la porte.

— Frau Vogel, vous vous souvenez du secrétaire des Brauner ? Celui dans lequel on se laissait des messages confidentiels, avec Erika ? C'est vous qui avez montré à Herr Hummel le double fond du tiroir ?

— Euh… Ah ! Oui ! Je suis descendue, un jour, lui apporter un pot de ma confiture d'abricots, et… à moins que ce ne soit de la myrtille ? Je ne sais plus ! Enfin, bref, oui : il écrivait une lettre là-dessus, alors j'en ai profité pour le mettre au parfum.

Elle se pencha vers moi et murmura :

— Qui sait ? Je lui ai peut-être rendu service... Il a sûrement des choses à cacher, avec son Passé...

J'explosai de rire.

— Vous voulez dire, des lettres d'amour, par exemple ?

Elle me fit un clin d'œil coquin :

— Des lettres, des photos compromettantes, des clés, un code secret... Va savoir ! Quelqu'un qui vous arrive un beau jour de très loin, avec un petit bout de valise de rien du tout, tu avoueras que c'est quand même mystérieux, non ? S'il était juif, j'aurais pu comprendre : il aurait pu être obligé de quitter brusquement son pays, avec tout ce qui se passe là-bas ! Mais il n'est pas juif. Il me l'a dit, l'autre jour. Sa famille est tout ce qu'il y a de plus catholique. Alors ? Non, non, j'en suis sûre, cet homme a un Passé ! Bon, tu m'excuses, ma jolie, mais il faut vraiment que j'y aille !

Après son départ, je retournai travailler ma sonate. Lorsque la lumière du jour commença à faiblir, je quittai le piano et étirai tous mes muscles. Mes doigts étaient endoloris à cause de toute la musique qu'ils avaient laissée s'envoler aujourd'hui. Je respirai profondément, pour la première fois depuis longtemps, en faisant quelques petits échauffements pour me détendre. Quelle belle journée ! Probablement une des plus agréables depuis la mort de Johann…

« Mais, le voilà, mon sujet de rédaction ! » m'écriai-je, les bras levés au-dessus de ma tête.

Sitôt après dîner, ce soir-là, je m'installai dans le sofa avec mon cahier de brouillon et mon dictionnaire allemand-anglais. Écrire tout un devoir en anglais se révéla finalement un exercice bien plus difficile que je ne le croyais.

Je lançai le premier jet, puis le relus, pour corriger mes fautes. « Pas mal », pensai-je après réflexion. Frau Schäffer nous avait dit qu'elle lirait les devoirs à voix haute, en classe. Les autres filles allaient-elles se moquer de moi ? Je les imaginais déjà en train de pouffer, dans mon dos : « Nina Radky, son plus beau jour, elle l'a passé sans voir personne ! La honte ! Remarque, ça ne m'étonne pas vraiment. Elle est bizarre… Mais quand même, tu pourrais, toi, passer une journée entière les fesses vissées sur un tabouret de piano, toute seule comme une andouille, à répéter douze mille fois le même morceau et, en plus, être contente ? Je comprends toujours pas ce qu'Erika lui trouvait... »

En réalité, je n'avais pas toujours été seule, aujourd'hui. Frau Vogel était descendue, et j'avais beaucoup apprécié cette petite pause. Aussi décidai-je d'ajouter quelques lignes à mon devoir. « Une amie est venue me rendre visite. Nous avons parlé, et elle m'a écoutée jouer. » Bon, pas besoin de préciser qu'elle a soixante ans... Si quelqu'un me demandait qui c'était, je n'aurais qu'à répondre : « C'est une copine d'enfance, elle ne fréquente pas cette école ! » Voilà tout ! Ce n'était même pas vraiment un mensonge...

Il fallait encore étoffer un peu ma rédaction, puisque Frau Schäffer avait exigé environ trente lignes. Plus que dix...

Et si je racontais que je me préparais pour le récital de l'Académie ? Oui, mais, tout le monde allait le savoir... Et je n'étais pas sûre d'en avoir envie. Et si je me ridiculisais en faisant plein de fausses notes ? Toutes les filles de ma classe me demanderaient comment ça s'était passé, le lendemain...

Les paroles de Herr Hummel me revinrent en mémoire, avec une précision étonnante :

« Mais vous-même, Anna Margareta Radky ? Est-ce que vous croyez en vous ? »

Hmm… Omettre un événement aussi important n'était pas le signe d'une très grande confiance en soi. Je pris donc ma respiration et écrivis : « Mon professeur m'a demandé de jouer à l'Académie de musique et des arts du spectacle le 11 mars prochain. J'ai accepté. Et j'étais très flattée. »

Et zou ! D'une pierre, deux coups. De la confiance, et des verbes conjugués au passé, en veux-tu en voilà ! De quoi satisfaire Frau Schäffer et Herr Hummel en même temps.

Je recopiai soigneusement mon devoir et le rangeai, toute contente, dans mon classeur d'anglais, pour le cours du lendemain.

Chapitre 7

Cette nuit-là, je fis un rêve étrange : Frau Vogel me téléphonait pour m'apprendre les rumeurs qui couraient à mon sujet. « Nina, le *Wiener Zeitung* dénonce ton attitude égoïste et paresseuse ! Il t'accuse de passer tes journées assise sur un tabouret de piano, à ne rien faire d'autre que des gammes ou à bayer aux corneilles ! La ville entière se moque de toi ! Dans les tripots, les gens parient maintenant que tu vas faire des canards à ton récital ! »

Ce rêve me hanta jusqu'au matin, si bien que je fus soulagée de ne lire que des commentaires du discours de Hitler à la une des journaux.

Deux bonnes surprises m'attendaient à mon retour de l'école : la première était une carte postale d'Erika. La carte représentait un énorme gratte-ciel. Derrière, elle avait écrit :

Aujourd'hui le père de Rosemary nous a emmenées au cinéma voir Blanche-Neige et les sept nains, *un dessin animé de Walt Disney. C'était rudement beau. Après nous sommes allés visiter l'Empire State Building : il y a 102 étages ! La vue est impressionnante, d'en haut : New York City est une ville immense. Vienne paraît à peine plus grande qu'un village, à côté. N'empêche, j'ai souvent le mal du pays. Tu me manques. Erika*

Je ressentis d'abord un pincement de jalousie : elle avait l'air de vraiment bien s'amuser avec cette Rosemary... Bon, au moins elle avait enfin écrit ! Et puis, elle affirmait que je lui manquais.

Je glissai sa carte postale dans le coin du miroir de ma chambre, puis, après avoir travaillé mon piano, je m'installai à mon bureau pour lui répondre. Je lui racontai tout : ma rencontre avec Herr Hummel, le récital du 11 mars, le trac que j'avais, Elisabeth qui n'avait pas changé, et des tas d'autres choses encore. Je terminai en lui disant que tout le monde, ici, était triste de ne plus la voir. Mais personne autant que moi.

La seconde bonne surprise, ce fut le cadeau de Mutti. Elle revint de la boutique, ce soir-là, avec un paquet de papier brun sous le bras.

— Tiens, ma chérie, c'est pour toi ! J'espère que cela te plaira !

Je déchirai le paquet en hâte. En soulevant le voile de papier qui le protégeait, je découvris un large coupon de crêpe de soie d'un magnifique bleu saphir.

— Oh là là ! C'est beau !

Mutti enlevait ses bottines en m'expliquant :

— Frau Neumann avait commandé un modèle dans cette couleur. Et au dernier moment, elle a changé d'avis ! Elle a préféré choisir un rose indien, elle trouvait que ça lui allait mieux au teint, bon ! Comme, bien sûr, elle n'avait pas les moyens de se payer deux robes, et qu'on avait déjà découpé la longueur de tissu nécessaire dans celui-ci, Herr Rosenwald me l'a offert ! J'ai accepté, parce que je pensais que je pourrais t'en faire une nouvelle tenue…

La matière était aussi douce qu'un pétale de fleur ; en le portant à mon nez, je reconnus le parfum délicat de Frau Rosenwald. Cette odeur, que j'aimais sentir flotter dans la boutique, semblait s'être infiltrée au cœur des fibres de la soie.

— C'est vraiment superbe. Merci ! Tu penses pouvoir finir cette robe pour le récital ? Parce que je crains de ne plus pouvoir entrer dans la verte… Elle est un peu serrée, euh… sous les bras !

— Je sais, ma puce, sourit Mutti, en observant ma poitrine naissante. Il va falloir d'urgence qu'on aille faire un tour chez Gerngross !

Gerngross, c'était le grand magasin en face de l'église Mariahilfer. Mutti avait prévu de m'y emmener depuis des semaines, pour acheter mon premier soutien-gorge. Et à cause de ses migraines, elle avait souvent repoussé cette expédition. Je dois avouer que ça m'avait toujours soulagée : l'idée de me balader toute nue devant une vendeuse pour qu'elle prenne mes mesures ne m'enchantait guère, c'est le moins qu'on puisse dire ! Mais, puisqu'il me fallait une tenue de scène digne de ce nom, je n'avais pas le choix. Porter une robe somptueuse sans soutien-gorge était tout simplement inconcevable, selon Mutti. Cette fois, je ne pourrais pas y échapper.

— On peut y aller samedi prochain, si tu as le temps.

Mutti réfléchissait à voix haute :

— Quel jour sommes-nous, au fait ? Ah, oui, le 22 février ! Et ton récital est dans moins de trois semaines… Hmmm, oui, je pense que ça devrait me suffire.

— Merci, Mutti ! Grâce à toi, je serai la plus élégante des pianistes !

— Eh bien, puisque tu tiens tant à ce concert, je suis bien obligée de te coudre quelque chose de décent. Je n'enverrai jamais ma fille à l'Académie dans une vieille nippe toute râpée !

Après le dîner, je débarrassai le couvert et Mutti sortit son matériel de dessin. Elle me proposa différents modèles, et je choisis celui que je préférais. Je me décidai pour une longue jupe évasée, avec des pinces sur le devant.

— Tu as bon goût, ma fille ! me félicita Mutti. C'est du dernier cri en Amérique ! Regarde, tu pourras aussi nouer une bande de crêpe autour de ta taille, comme ça. Et tu aimerais des manches bouffantes ? Non ? Oh, tu as raison, ça fait moins vieillot. (Elle me promit de me prêter son jabot de dentelle, pour décorer le col de mon chemisier.) Il faudra juste que je fasse quelques points pour le raccourcir, et on attachera un ruban du même tissu que ta jupe, autour du cou, tu verras, ce sera du plus bel effet.

Elle s'intéressa aussi au problème de ma coiffure.

— Avoir de belles boucles, rien qu'un soir, qu'en dis-tu ? Avec un fer à friser, il n'y a rien de plus simple. Oh, oui, tu serais ravissante ! Tu sais, c'est très sophistiqué, cela conviendra parfaitement à ta tenue !

— Bonne idée ! Et je m'attacherai les cheveux, derrière, sur le sommet du crâne ! Comme ça je pourrai aussi porter la barrette dorée que Frau Vogel m'a offerte l'an dernier à Noël ! Je l'ai toujours gardée pour une grande occasion...

Mutti, le visage radieux, me donna un gros baiser sur le front. J'étais moi-même tout excitée : le récital commençait à prendre forme dans mon esprit. Je voyais déjà la scène, avec ses couleurs et les sons magnifiques qui empliraient l'espace. Et maintenant, je m'imaginais aussi, élégante et droite comme un i, devant le pupitre du piano.

Je pouvais voir également l'instant où je lèverais les yeux : devant moi se tiendrait une foule d'amateurs et de professionnels, venus pour m'écouter, moi, Nina Radky.

Et ça, j'ignorais totalement l'effet que ça me ferait.

Je ne le saurai jamais avant l'instant de jouer.

***

— C'est bien, vous commencez à bien connaître vos morceaux ! remarqua Herr Hummel lorsque je lui eus joué Scarlatti et Mendelssohn, le soir suivant.

Je haussai les épaules, touchée par son compliment.

— Normal, à force de les répéter encore et encore ! D'ailleurs maintenant je les joue même mieux sans partition. Mais, professeur, comment faire, si j'ai tellement le trac le jour du concert que j'oublie toutes les notes ?

— Alors, je me lèverai, et je hurlerai, de toutes mes forces : « Accord en *sol* mineur ! », et tout le monde éclatera de rire !

— Hmmm... Sauf moi !

— Nina, une fois que vous aurez commencé, tout se passera à merveille, croyez-moi. Vous ne vous en rendez peut-être pas compte, mais vos doigts possèdent leur propre mémoire ! Ce sont eux qui vous guideront, le jour venu ! Je sais que c'est votre premier récital, poursuivit-il avec un grand sourire, mais vous devez laisser la musique dominer votre peur, et non pas le contraire ! Vous comprenez ce que je veux dire ?

Je souris à mon tour.

— Je suppose que c'est ce que vous appelez la confiance en soi…

— Exactement ! Je vous connais suffisamment maintenant pour savoir que votre amour de la musique est si fort, qu'il est parfaitement capable de repousser la peur dans ses retranchements. Et même plus loin encore !

Et, alors que je m'apprêtai à rentrer chez moi, Herr Hummel me fit la troisième bonne surprise de la semaine :

— Samedi après-midi, j'aimerais faire un petit tour dans mon magasin de musique préféré. Si vous êtes libre, après l'école, je serais très heureux de pouvoir vous présenter Herr Ornstein, un ami à moi, qui tient cette boutique. Et après, nous pourrions aller déguster quelques pâtisseries dans un petit salon de thé… Pour ne pas déroger à la grande tradition viennoise !

— Oh oui ! Cela me ferait vraiment plaisir !

Quand je racontai ça à Mutti, elle fronça les sourcils en guise de désapprobation.

— Je ne peux pas te l'interdire, mais tout de même ! Tu passes un peu trop de temps avec cet homme...

Je haussai les épaules.

***

Le samedi suivant, à quatorze heures, je retrouvai mon professeur au coin de notre rue. Dans le tramway, alors que nous suivions le Ring, cet élégant boulevard qui encercle le centre de Vienne, Herr Hummel me parla de l'homme à qui nous allions rendre visite.

— Jacob Ornstein jouait du violoncelle, avant. Il était très célèbre, dans sa jeunesse. Il a donné des centaines de concerts partout en Allemagne, et même à l'étranger. Puis il est venu s'installer à Vienne, où il a enseigné la musique pendant de nombreuses années. Malheureusement, en prenant de l'âge, comme beaucoup d'entre nous, il s'est mis à souffrir d'arthrite : pour un musicien, c'est une tragédie ! Mais il ne s'est pas découragé, il a ouvert ce magasin. Vous verrez, c'est l'un des plus intéressants de la ville ! Une véritable caverne d'Ali Baba !

Nous descendîmes du tramway devant la cathédrale Saint-Stephan, et pénétrâmes au cœur du quartier juif par la Rotenturmstrasse. Herr Ornstein travaillait dans une petite rue pavée, plongée dans la pénombre. Dressées au-dessus de nos têtes, les vieilles bâtisses qui enserraient la chaussée se faisaient front, découpant seulement un mince filet de ciel entre les arêtes des toits. J'avais l'impression de m'enfoncer dans un lieu fermé de toutes parts, sombre comme une menace.

Herr Hummel poussa la porte de l'échoppe. Un petit carillon sonna, et la voix d'un homme nous parvint :

— Je suis à vous dans quelques instants !

Je me sentis immédiatement à l'aise dans la chaleur de ce magasin, où flottait une douce odeur d'encaustique et de tabac au miel. Au centre de la pièce, on pouvait admirer des cuivres et d'autres instruments à vent, protégés de la poussière dans leurs vitrines. Flanquées contre les murs, de hautes bibliothèques arboraient des centaines de partitions et de livres d'histoire de la musique. Quelques portraits de célèbres compositeurs, ainsi que des photographies des musiciens les plus réputés à ce jour, décoraient çà et là les tentures. Derrière le comptoir, au fond, un phonographe passait un quatuor à cordes de Haydn.

— C'était le quatuor de Herr Ornstein, à Berlin, dans le temps, murmura mon professeur en indiquant le disque d'un geste du menton. J'allais les écouter, partout où ils jouaient ! Mais je n'avais jamais eu le privilège de faire sa connaissance avant de m'installer ici, à Vienne.

Souriante, j'écoutai la mélodie en m'efforçant d'en distinguer la voix la plus basse ; de ses sonorités chaudes et profondes, le violoncelle maintenait l'harmonie de la composition.

Ffffrrip ! Le rideau vert qui séparait la pièce de l'arrière-boutique s'écarta, et je vis apparaître un homme mince, de grande taille, qui exhibait sur son crâne une belle crinière blanche.

— Ah ! Professeur Hummel, mon client préféré ! s'exclama-t-il d'un ton magistral en nous apercevant.

— Comment vous portez-vous, mon cher ?

Ils se serrèrent vigoureusement la main, se tapant sur l'épaule, comme deux amis de longue date qui venaient juste de se retrouver.

— Bonjour, mademoiselle ! me dit Herr Ornstein, tout sourires.

Je lui fis une petite révérence et ajoutai poliment *« Küss die Hand ! »*.

— Nina est mon élève, expliqua Herr Hummel à son ami. Elle va bientôt donner son premier récital, à l'Académie !

— Ahhh ! L'Académie ! siffla-t-il en levant au ciel ses sourcils broussailleux. Ma foi ! Vous devez donc être une très bonne pianiste ! Je suis très honoré de vous recevoir dans mon modeste magasin !

Puis les deux hommes se lancèrent à la recherche des partitions que désirait mon professeur. Pendant ce temps, je déambulai dans la boutique, me dressant sur la pointe des pieds pour admirer la galerie des portraits qu'avait collectionnés Herr Ornstein. C'étaient, pour la plupart, des photographies de musiciens de l'Orchestre philarmonique ou de l'Opéra de Vienne : Bruno Walter, Wilhem Furtwängler, Hans Knappertsbuch. Il y avait aussi des chanteurs, tels que Richard Tauber, Anton Dermota, et des solistes, comme...

Johann ! Johann, dans son costume de concert, les yeux graves, un sourire très doux au coin des lèvres. Je me rappelais cette photo. Elle avait été prise lors de la remise du grand prix de l'Espoir de Vienne ; Mutti en avait reçu un double exemplaire, qui avait trôné longtemps au salon, avant sa mort.

Mes yeux ne pouvaient se détacher de ce portrait. Johann paraissait si vivant, si réel, qu'il me semblait presque entendre sa voix.

Avant même que je m'en aperçoive, mes joues étaient inondées de larmes. Je les essuyai d'un revers rapide de la main, espérant que personne ne m'avait vue.

Le téléphone sonna dans l'arrière-boutique ; Herr Ornstein se précipita pour répondre. Mon professeur s'approcha de moi et déchiffra le nom du musicien de la photographie.

— Ah ! Votre frère !

Je hochai la tête. La gorge nouée, je ne parvenais pas à avaler ma salive.

— C'est la première fois que je revois une photo, depuis sa mort. Mutti les a toutes enfermées dans une malle, à double tour, dans sa chambre. Si seulement…

Je me mordis la lèvre inférieure. J'allais lui dire « Si seulement vous l'aviez connu ! » mais quelque chose m'avait retenue. En fait, non, j'étais très heureuse que Herr Hummel n'ait jamais rencontré Johann !

Cette sensation me donna le vertige, comme si le sol venait de se dérober sous mes pieds. Comment pouvais-je être aussi égoïste, et me réjouir de la sorte ? Moi qui aimais tellement Johann !

Mais c'était trop tard : maintenant que j'en avais pris conscience, je ne pouvais plus me mentir : Herr Hummel était la toute première personne qui m'appréciait, moi, et moi seule. Johann avait été adoré de tout le monde, à commencer par Mutti, mais aussi de tous les professeurs de l'Académie. Il avait eu des dizaines, des centaines d'admiratrices, qui se pâmaient aussi bien devant son interprétation de Schumann que devant ses belles boucles châtain.

Je n'avais jamais ressenti la moindre jalousie, au contraire : ces moments d'allégresse étaient un véritable baume, qui le distrayaient de sa maladie et de ses souffrances.

J'avais seulement envie qu'on s'intéresse aussi à moi, et rien qu'à moi.

Quel mal y avait-il à réclamer un peu d'attention ?

Herr Hummel posa sa main sur mon épaule et me tendit son mouchoir.

— Je suis désolé, Nina. Je n'avais jamais

remarqué cette photo auparavant. Si j'avais su, je ne vous aurais pas priée de m'accompagner…

— Ce n'est pas grave.

Herr Ornstein revint, et les deux amis reprirent leurs recherches. J'essayai de me concentrer sur autre chose, mais mon regard revenait constamment sur la photo de Johann, comme aimanté par son visage souriant. Si seulement il avait pu descendre du cadre, et rester discuter un moment avec moi, rien que quelques instants !

Je fus soulagée quand mon professeur m'appela près de lui, pour m'expliquer la différence entre deux éditions d'un concerto pour piano de Beethoven. Après avoir déniché quelques trésors, Herr Hummel paya son ami.

— Bonne chance pour votre récital, mademoiselle ! me lança Herr Ornstein sur le seuil de la porte.

— Merci ! répliquai-je, touchée. Je reviendrai dans votre magasin, c'est promis !

En remontant la Rotenturmstrasse, Herr Hummel me demanda si je me sentais mieux.

— Oui ! Euh… Non ! Je ne sais pas…

Comme les faisceaux de lumière de l'aurore boréale, mes sentiments se métamorphosaient, éclatant, puis s'éteignaient avant même que je puisse en saisir toute la profondeur. Ainsi, sans réfléchir, j'explosai :

— Johann était malade. Si vous saviez comme il a souffert ! Il se tordait de douleur et je ne pouvais rien pour lui, rien ! J'aurais tellement voulu le soulager, mais c'était impossible... Il est mort ! MORT ! Et je suis restée comme une andouille à ses côtés, sans pouvoir rien faire. J'ai l'impression que je ne me pardonnerai jamais sa mort...

Herr Hummel soupira, d'une voix très douce :

— Je sais ce que tu ressens, Nina. Parfois on reste impuissant face à la douleur de ceux qu'on aime. Et on a beau aimer très fort, prier, pleurer toutes les larmes de son corps, ça ne change rien. Mais tu ne dois pas te sentir coupable...

Il venait de me tutoyer ! L'émotion, sans doute... Il demeura un instant silencieux, et poursuivit, hésitant.

— Je connais ce sentiment atroce de culpabilité. Avant de venir ici, j'ai... Disons que j'ai essayé d'aider des gens. J'ai pu en aider certains, mais je ne pouvais pas les protéger tous... Cela me dépassait... Et parfois, ça n'a servi à rien, je n'ai pas pu empêcher...

— Vous voulez parler... des Juifs ?

Il acquiesça, le cœur lourd.

— Des Juifs, et d'autres personnes aussi… Longtemps, j'ai été hanté par les visages de ceux que je n'ai pas pu sauver. À toute heure du jour et de la nuit, je les voyais, avec une précision remarquable… Je me répète encore maintenant que j'ai fait tout mon possible. Bien sûr, ça n'efface pas complètement l'angoisse et la culpabilité, mais il faut à tout prix s'en convaincre. Tu dois absolument te dire la même chose au sujet de ton frère, Nina, poursuivit-il sur le ton de la confidence. Tu l'as aimé sincèrement, tu as été près de lui dans les moments douloureux, à tenter de l'aider. C'est tout ce que tu pouvais faire. Mais c'était déjà énorme !

Bizarre… Je n'aurais jamais reconnu avoir éprouvé de la culpabilité, avant… Mais une sensation de légèreté venait de m'envahir soudain, comme si on m'avait ôté l'étau qui enserrait mes poumons depuis des mois.

Herr Hummel claqua dans ses mains :

— Bon, allez ! On va se trouver un salon de thé confortable, et commander de grosses parts de gâteau au chocolat ! On a bien besoin d'un petit remontant, tous les deux !

Nous descendîmes le Graben, l'une des principales artères de Vienne, en direction du Kohlmarkt, noir de monde en cette heure animée de fin de semaine. La ville avait un air de fête, ce jour-là. Partout se lisait en effet l'enthousiasme qu'avait soulevé le discours du chancelier Schuschnigg mardi soir, à la radio. « L'Autriche a déjà fait envers l'Allemagne toutes les concessions possibles ! avait-il notifié. Il est grand temps d'affirmer haut et fort que l'Autriche ne renoncera jamais à son indépendance ! » La foule en délire avait acclamé ses paroles. Aujourd'hui, d'immenses bannières aux couleurs du drapeau autrichien flottaient aux fenêtres des magasins et des immeubles du gouvernement. Sur certains murs, on pouvait aussi lire « Vive l'Autriche libre ! » en lettres rouges et blanches, comme notre drapeau.

Herr Hummel tourna au coin d'une rue et se dirigea vers un salon de thé à la devanture très chic.

— Arrêtons-nous là ! Le Demel ! On y fait les meilleures pâtisseries de Vienne, paraît-il... après celles de Frau Vogel, bien entendu !

— Le Demel... C'est beaucoup trop cher ! rechignai-je en pensant aux vêtements usés de mon professeur et aux meubles défoncés de son appartement.

— Ne t'occupe pas de ça, voyons ! C'est moi qui régale !

— Mais...

Comme je ne voulais pas blesser sa fierté, je n'achevai pas ma phrase. «Bon, puisque c'est comme ça, pensai-je, la semaine prochaine je mettrai plus d'argent dans le tiroir!»

À l'entrée, une serveuse en tablier et coiffe blanche nous accueillit, en fléchissant les genoux et en inclinant la tête à notre passage. Très agréable, ma foi, d'être traitée comme une princesse...

Le buffet de pâtisseries était à notre gauche. L'immense variété de desserts nous laissa pantois d'admiration : une pyramide de délices s'offrait, étincelante de l'argent des plateaux et du cristal des verres, à la vue des clients. Il y avait de quoi satisfaire tous les plaisirs : tartes aux fraises sur lit de crème pâtissière; charlottes aux poires et nappage de chocolat fondu; crêpes fourrées à la confiture de marrons; mokas glacés; îles flottantes; marbrés à la pistache et à la vanille... Les yeux exorbités, je restai interdite devant ce choix incroyable.

Herr Hummel s'était décidé pour un soufflé au Grand Marnier. Quant à moi, j'hésitai encore entre une tartelette au citron et une part de charlotte, lorsqu'un incident étrange se produisit.

Un jeune homme, qui s'apprêtait à sortir, s'arrêta soudain près de nous, dévisageant Herr Hummel avec ostentation. D'une vingtaine d'années environ, il me dépassait seulement de quelques centimètres. Les cheveux courts, l'air arrogant, il nous toisait derrière le verre glacial de ses montures dorées.

— Eh bien, commença-t-il, si je ne m'abuse, c'est une excellente surprise que de vous...

— Bonjour ! Herr Rudolf Beck, n'est-ce pas ?

— Vous vous souvenez donc de moi ! ricana-t-il, méprisant. (Il redressa le menton et les épaules, comme pour paraître plus grand.) Vous m'en voyez flatté ! Mais, voyez-vous, je serai peut-être bientôt professeur Beck ! Je suis venu soumettre ici ma candidature pour un poste qui s'est libéré au Conservatoire Horak !

Il émit un petit gloussement de fierté, qui s'étrangla dans sa gorge.

— Ainsi, poursuivit-il, vous me voyez surpris que personne ne m'ait parlé de vous, pour ce poste. C'est étrange... Une éminence comme vous, Herr Maestro ! Le corps enseignant du Conservatoire ignorerait-il votre présence à Vienne ?

Sa voix se faisait insultante, et ses yeux résolument moqueurs.

— J'ai pris ma retraite, répliqua calmement Herr Hummel. (Il se tourna ensuite vers moi et me pressa de trouver une table.) Dépêche-toi ! Sinon on va rester plantés là comme des piquets toute la nuit !

Je commandai sur-le-champ une part de charlotte et pris place à une petite table de marbre ronde, en contrebas, dans la pièce suivante. Le salon de thé était presque désert : Herr Hummel avait tout bonnement voulu se débarrasser de moi ! Mais pourquoi ?

À travers la vitrine de bibelots sur ma droite, j'observais Herr Beck, les traits figés dans une grimace cynique, et mon professeur, froid et distant. Leur conversation me parvenait, par bribes, sans que je puisse en distinguer le sens.

Après quelques minutes, Herr Beck s'éloigna, sur un nouveau sourire feint. Lorsque Herr Hummel revint s'asseoir à mes côtés, il avait l'air préoccupé.

— Qui était ce jeune homme ? demandai-je avant même qu'il ait le temps de s'installer.

Il fit un geste de dédain.

— Un sombre idiot. Non, mais, le Conservatoire Horak, rien que ça ! Il est encore plus prétentieux que je ne le croyais, s'il pense réellement obtenir le poste !

Un jeune pianiste, arrogant et brutal.

— C'est celui dont vous avez rêvé, l'autre jour ? Vous vous souvenez, quand je suis venue chez vous pour ma première leçon, je vous avais réveillé. Vous aviez fait un cauchemar… avec l'un de vos élèves, à Munich…

Herr Hummel réfléchit un court instant.

— Oui ! C'était bien lui ! Tiens, j'avais oublié ce rêve… En fait, il n'a jamais été mon élève. Il aurait bien aimé… Mais j'ai toujours refusé. Ah ! Le sale petit roquet ! J'aurais préféré qu'on le noie à la naissance, celui-là…

La serveuse nous apporta notre commande. Je lui demandai aussi un café au lait, et Herr Hummel un café serré.

Ma charlotte était succulente : je savourai chaque bouchée, mâchant doucement, pour en garder le plus longtemps possible toute la saveur.

Herr Hummel planta sauvagement sa fourchette dans son soufflé.

— Attention, ça se mange ! gloussai-je. On dirait que vous voulez assassiner votre dessert !

Il sourit.

— Désolé ! C'est juste que je ne m'attendais pas à croiser Rudolf Beck à Vienne. La dernière fois que je l'ai vu – sans parler de mon cauchemar –, c'était dans mon studio, à Munich.

— Vous enseigniez au Conservatoire, là-bas ?

J'espérais qu'il répondrait oui. Comme ça, la prochaine fois que Mutti me demanderait les qualifications exactes de mon professeur, je pourrais lui clouer le bec.

Mais il secoua la tête :

— Non, je n'ai jamais donné un seul cours dans une école.

Puis il pouffa :

— Ah ! Je me souviens, la tête qu'il faisait, quand il me suppliait de le compter parmi mes élèves ! Il a insisté, le bougre ! Pendant des mois ! Mais je n'ai jamais cédé : je savais, rien qu'à l'entendre parler, qu'il ne serait jamais qu'impatient et prétentieux. Et je ne déteste rien de plus que ces musiciens qui se servent de la musique pour étaler leur talent au monde entier... Pour réussir... Mais quoi ? C'est à la musique elle-même qu'on doit offrir son talent ! La musique est une fin, pas un moyen ! Tu n'es pas d'accord ?

Je n'étais pas vraiment sûre de tout comprendre, mais j'acquiesçai, pour ne pas qu'il s'arrête.

— Un jour, las de ses incessants coups de

téléphone et de ses prières, j'ai accepté de l'écouter jouer. Une fois ! Et ça m'a amplement suffi pour confirmer mes craintes... Il a interprété *L'Étude numéro trois* de Scriabine, tu connais ? C'est une œuvre dramatique, très discordante. Tu l'aurais vu ! Mon Dieu ! Il trépidait comme un diable devant son piano, à secouer la tête dans tous les sens, à se tordre le dos, à bondir presque sur son siège... Comme possédé par la musique, tu parles ! Il a massacré le morceau ! À la fin, il s'est levé et m'a regardé de haut : « Alors, que dites-vous de ça ? » Tu sais ce que je lui ai répondu ? « Herr Beck, si vous tenez absolument à gesticuler de cette façon, avec tant de conviction, pourquoi ne pas devenir agent de la circulation ? Au moins, personne ne sera obligé de vous écouter, pendant que vous vous livrerez à votre petit manège ! »

— Non ! Sérieusement ? Et comment a-t-il réagi ?

Herr Hummel poussa un profond soupir :

— Il a ramassé toutes ses affaires et il est parti en gueulant comme un veau. Il m'a même menacé de tout faire pour avoir un jour sa revanche !

J'avais une tonne de questions à lui poser encore, mais il avala d'un trait la dernière goutte de son café, et reposa sa tasse d'un geste un peu brusque.

— Bon, maintenant, si tu as fini, j'aimerais bien m'en aller. Je vais essayer d'oublier cet hurluberlu. Certaines personnes ne méritent rien d'autre que l'indifférence la plus totale !

Mais il resta plongé dans ses pensées tout le long du trajet du retour, mâchoires et poings serrés. Je savais qu'il ne pourrait pas oublier Herr Beck une seule seconde.

Chapitre 8

Le lendemain, je me préparais afin de me rendre chez Herr Hummel, quand Mutti me demanda où j'allais. Elle fronça les sourcils en entendant ma réponse.

— Je pense que tu devrais tout de même passer plus de temps avec des filles de ton âge, au lieu de t'enfermer systématiquement toute seule, comme tu le fais. À ce propos, Herr Rosenwald vient d'engager une nouvelle couturière qui arrive d'Innsbruck, avec son mari et ses enfants. Elle s'appelle Irmgarde Siegler, et elle a une fille de douze ans qui va s'inscrire dans ton école, dès qu'ils seront bien installés.

Je pourrais proposer à Irmgarde d'amener sa fille ici, un après-midi, qu'en dis-tu ?

— Non, Mutti. Je répète les morceaux de mon récital, en ce moment.

— Peut-être ! Mais cela ne te ferait pas de mal d'être un peu plus ouverte sur le monde extérieur, et encore moins d'avoir des amies ! répondit Mutti d'un ton sec. Irmgarde dit que sa fille souffre de ne plus connaître personne, depuis son déménagement. Tu devrais y être sensible, il me semble ! En plus ils habitent dans le quartier. Franchement, tu pourrais faire un effort !

— Je suis très occupée, ces temps-ci, tu le sais bien.

J'attrapai les partitions qui traînaient sur le banc du piano et partis sans un mot. Mutti n'avait toujours pas compris à quel point je détestais qu'elle se mêle de mes histoires. Comme si j'avais encore cinq ans !

En arrivant chez mon professeur, je rangeai immédiatement mon argent de poche de la semaine dans le tiroir du secrétaire. Puis je m'installai au piano.

Comme dimanche dernier, je travaillai pendant de longues heures. Je commençai par Scarlatti et Mendelssohn. Maintenant, je ne regardais pratiquement plus mes partitions : je laissai filer mes doigts sur le clavier, instinctivement. Jouer ces morceaux m'était devenu aussi naturel que parler.

J'ouvris ensuite ma méthode, bien décidée à m'attaquer aux deux études que m'avait recommandées Herr Hummel. Sur la page, les portées paraissaient grimaçantes, comme si elles me narguaient de leurs difficultés. Je passai une bonne heure à tenter de les déchiffrer correctement ; et je ne parvins à en respecter le tempo qu'après une autre heure de travail acharné.

En guise de récompense, je jouai un extrait de Bach. Simplement pour me fondre dans cette mélodie que j'aimais tant. Enfin, quand je m'aperçus que l'obscurité avait envahi la pièce, je pris le chemin du retour.

Mutti m'accueillit avec froideur :

— J'étais prête à appeler Frau Vogel, pour qu'elle descende voir ce que vous fabriquiez, tous les deux ! Ton professeur ignore peut-être qu'on a aussi besoin de nourriture et de sommeil, à ton âge ?

— Pardon ! Nous n'avons pas vu le temps passer.

Je lui avais soigneusement caché que Herr

Hummel n'était jamais là le dimanche. « Tu n'as rien à faire là-bas toute seule, Nina ! Qu'est-ce que c'est que ces manières ? » n'aurait-elle pas manqué de me répéter. Et elle aurait fini par m'interdire de m'y rendre.

Le lendemain après-midi, j'entrai en cours d'anglais le cœur battant. Frau Schäffer nous avait prévenues qu'elle nous rendrait aujourd'hui les rédactions, et qu'elle les lirait à voix haute.

« Vous avez fait, pour la plupart, d'excellents devoirs. Et j'ai en outre appris des choses passionnantes au sujet de certaines d'entre vous ! » avait-elle annoncé à toute la classe. J'aurais juré qu'elle m'avait regardée droit dans les yeux à cet instant précis.

Mais on ne nous rendit pas les devoirs. Frau Schäffer avait dû s'absenter, pour raisons familiales. Elle était remplacée par un très jeune homme, Herr Nordheim.

— Vous avez vu comme il est chou ? gloussait Hedi en sortant de l'école ce soir-là.

— Si seulement on pouvait l'avoir toute l'année ! Je ferais peut-être enfin des progrès en anglais…, soupirait Paula, rêveuse.

— J'ai quelque chose de grave à vous annoncer, les filles ! avait ajouté Käthe. Je renonce définitivement à entrer au couvent ! Ce serait dommage de passer à côté d'un amour comme lui !

Tout le monde éclata de rire. Comme toujours, je ne trouvai rien de drôle à dire. Herr Nordheim était sans doute très beau, mais beaucoup trop jeune à mon goût ! Il me paraissait même un peu farouche… Bien trop emprunté pour me faire craquer.

Rien à voir avec Herr Hummel, en tout cas.

Quand je pris conscience de ce qui venait de me traverser l'esprit, je me sentis devenir rouge comme une tomate. Pour cacher mon trouble, je fis semblant d'être secouée par une grosse quinte de toux. Herr Hummel n'était pas vraiment beau… Mais c'était la personne la plus formidable que j'avais rencontrée jusqu'à présent.

Est-ce que j'avais le béguin pour lui, comme on dit ?

Peut-être bien, après tout.

Mais qu'est-ce que cela signifiait ? Que je devrais, comme les autres, parler tout haut, glousser toutes les trente secondes et soupirer au moins autant « Oh là là, comme il est mignon, quand il remonte ses lunettes sur son petit nez ! », ainsi que le faisait en ce moment Annemarie à propos du remplaçant ?

Non, si c'était ça, je n'avais pas « le béguin ». La simple idée de dire de telles choses au sujet de Herr Hummel me fit rougir encore plus fort.

— Tu es sûre que ça va ? me demanda Käthe en m'entendant une nouvelle fois m'arracher les poumons.

— Oui, ne t'inquiète pas, je vais très bien !

Je courus pour rattraper les autres filles.

— Allez, à demain, je dois retrouver ma mère au coin de cette rue. Nous devons faire des courses chez Gerngross !

— Alors, à demain ! Bonnes courses !

Elles ne me demandèrent pas ce que j'avais l'intention d'acheter. Tant mieux ! Je mourrais d'avoir à prononcer le mot « soutien-gorge » en public !

Cette expédition se déroula finalement sans trop de peine. J'ai juste commencé à transpirer à grosses gouttes quand la vendeuse a sorti son mètre de couturière. « Vous connaissez votre taille, mademoiselle ? » J'étais tellement embarrassée que je me suis mise à bégayer.

Heureusement, Mutti congédia gentiment la vendeuse.

— Je vais prendre ses mesures moi-même, si vous le permettez. J'ai l'habitude, c'est mon travail. Oui, c'est moi qui conçois les modèles, chez Rosenwald ! Je vous appellerai, si j'ai un problème.

La jeune femme bafouilla quelques mots, à son tour intimidée, car elle connaissait, comme toutes les grandes coquettes de Vienne, le nom de Rosenwald.

Mutti repérait, de son œil expert et avisé, le moindre vice de forme dans les soutiens-gorge qu'on lui présentait. Quand elle trouva enfin le modèle qui convenait, elle en acheta trois, de couleurs différentes, pour que je puisse toujours en avoir un de rechange. Je gardai sur moi le bleu. Le plus joli.

J'avais l'impression que tout le monde me dévisageait avec malice, comme si un panneau dans mon dos avait signalé : « JEUNE FILLE PORTANT SON PREMIER SOUTIEN-GORGE !!! »

— Pour l'amour de Dieu, Nina, veux-tu bien te redresser ! On dirait que tu es toute bossue !

— Je n'y peux rien, Mutti ! murmurai-je, les joues cramoisies.

Il me semblait que ma poitrine sautait maintenant aux yeux des clients. Dehors, j'enfilai mon manteau à toute vitesse. Ouf ! C'était mieux comme ça. Emmitouflée de la sorte, personne ne verrait la différence.

— Je vais m'arrêter à la boucherie. Ensuite nous pourrions aller chez Hermann, boire un chocolat chaud et s'offrir quelques douceurs, si cela te fait plaisir.

— Oh oui !

Cela faisait une éternité que nous n'étions pas allées faire des courses toutes les deux : il fallait donc fêter ça !

En attendant Mutti, je me mis à faire les cent pas sur le trottoir de la Mariahilferstrasse, jetant ici et là un coup d'œil aux devantures des magasins. J'espérais qu'elle ne tarderait pas trop. La nuit commençait à tomber, et le froid devenait piquant.

— Eh bien, serait-ce la demoiselle de chez Demel, souffla une voix derrière mon dos.

Surprise dans ma rêverie, je fis volte-face. Rudolf Beck ! J'aurais dû m'en douter ! Sa voix seule était capable de me glacer le sang.

— Qu'y a-t-il de si intéressant, dans cette vitrine, jolie demoiselle ?

— Rien, rien du tout ! murmurai-je.

Mon cœur battait à tout rompre : je n'avais aucune envie de lui parler. Il ne m'inspirait pas confiance. Mais je ne pouvais décemment pas m'échapper maintenant, pour me ruer dans la boucherie. Et il se tenait devant moi, les bras croisés, comme pour me barrer le passage.

— Vous avez peur de moi ?

Il me toisait, de son regard inquisiteur et moqueur.

— Vous allez peut-être pouvoir m'aider, vous. Il faut que je parle à votre professeur de piano, c'est très urgent. Il habite dans ce quartier, n'est-ce pas ? Connaissez-vous son adresse exacte ?

Je secouai la tête.

— Non, non, je... j'ignore où il vit...

— Comment ça ? Ce n'est pas chez lui que vous vous rendez pour vos leçons ?

Je me suis mise à trembler comme une feuille. Maintenant il me faisait vraiment peur. Comment avait-il deviné que j'étais l'élève de Herr Hummel, et non pas quelqu'un de sa famille, ou une simple connaissance ?

— Il a déménagé, improvisai-je. Et je ne sais pas où !

Sitôt que Mutti sortit de la boutique, je me précipitai vers elle.

— Qui était ce jeune homme, Nina ? Qu'est-ce qu'il te voulait ?

Que dire ? Si je lui parlais de Rudolf Beck, elle imaginerait que mon professeur était mêlé à je ne sais quelle sombre histoire, sûrement dangereuse… Elle serait alors capable de trouver n'importe quel prétexte pour m'éloigner de lui. « Pourvu que ma voix ne tremble pas, et que tout lui semble normal ! » pensai-je en inventant sur-le-champ un mensonge.

— Rien. Il était perdu, et il m'a demandé son chemin.

— Mais pourquoi as-tu couru vers moi comme une dératée, alors ?

— Parce que je suis affamée ! Allons vite chez Hermann !

Évidemment, cette rencontre m'avait coupé l'appétit, mais, pour être crédible, il fallait maintenant que je dévore comme un ogre ! Et puis, Rudolf Beck aurait pu décider de nous suivre, pour en avoir le cœur net… Je préférais me trouver dans la chaleur réconfortante de la pâtisserie Hermann, et rester là le temps qu'il se lasse. Et que je sois sûre qu'il soit parti.

Je frissonnai encore quand le serveur nous apporta nos parts de tarte aux myrtilles et nos tasses de thé.

— Tu es vraiment sûre que tout va bien ? s'inquiéta Mutti. Regarde tes mains, comme elles tremblent ! Nina, dis-moi la vérité ! Qu'est-ce que t'a fait cet homme... S'il t'a menacée, il est peut-être encore temps de le signaler au commissariat !

— Mutti ! Il m'a simplement demandé son chemin... Il cherchait la station de tramway la plus proche ! Il m'a juste un peu surprise, parce que j'étais en train d'admirer un bel album dans la vitrine du libraire, c'est tout. Et si mes mains tremblent encore, c'est parce que j'avais vraiment très froid...

Mes paroles ne semblèrent pas la rassurer tout à fait, mais elle cessa de me harceler de questions.

Pourquoi Rudolf Beck tenait-il tant à parler à Herr Hummel ? Peut-être voulait-il se vanter d'avoir obtenu le poste de professeur au Conservatoire Horak ? Ou tenter de le convaincre de reprendre une activité, ici, à Vienne ?

Sûrement pas de quoi me faire un sang d'encre, en tout cas, me répétai-je en me forçant à avaler ma part de tarte. Mais j'avais hâte d'en parler avec Herr Hummel lors de ma prochaine leçon.

***

Le lendemain matin, je refusai d'enfiler mon nouveau soutien-gorge, mais Mutti insista pour que je le porte.

— Alors, à quoi ça sert, sinon ? Tu ne vas pas l'étrenner le jour du récital, Nina, enfin ! Tu serais mal à l'aise... Si tu le mets dès aujourd'hui, tu verras, dans moins d'une semaine tu ne le sentiras déjà plus !

Hmmm... N'empêche que, pour l'instant, je ne le supportais pas ! Il me démangeait, me serrait, et j'avais l'impression de ne plus pouvoir respirer. Si Erika avait été là, on aurait pu en rire, toutes les deux : elle était la reine pour dédramatiser ce genre de situation. Et à la fin de la matinée, j'aurais été très fière de mon nouveau soutien-gorge. Son absence me pesait : à New York, elle ne pouvait pas grand-chose pour moi maintenant...

Lore Siegler, la fille de la collègue de Mutti, arriva ce jour-là dans notre classe. Toute chétive, elle ressemblait à un moineau, avec ses yeux brillants minuscules, et son air affolé.

Lorsque notre professeur de mathématiques nous la présenta, elle devint écarlate et plongea immédiatement la tête dans son cahier.

— Vous avez vu comme elle est partie en rasant les murs, après les cours ? souligna Hedi sur le chemin de la maison. Elle avait peur qu'on la mange toute crue, ou quoi ?

— Oh oui ! ajouta Käthe. J'ai essayé de lui parler, mais elle m'a à peine répondu. Elle me fait de la peine, la pauvre !

Je partageais leur impression. Lore, en effet, paraissait maladivement timide : elle n'avait adressé la parole à personne de toute la journée. Elle avait dû s'ennuyer ferme ! Je lui aurais volontiers proposé de faire route ensemble, puisqu'on n'habitait visiblement pas très loin l'une de l'autre. Mais je n'avais pas envie de faire ce plaisir à Mutti : elle avait beaucoup trop insisté, l'autre jour !

Dès mon arrivée chez Herr Hummel, je lui racontai ma rencontre avec Rudolf Beck sur le trottoir de la Mariahilferstrasse. Les yeux écarquillés, il secouait la tête au fur et à mesure de mon récit.

— Merci de m'avoir prévenu, Nina.

— Que voulait-il, à votre avis ?

— Oh, il a dû être fou de rage d'apprendre qu'il n'avait pas obtenu le poste de professeur au Conservatoire… Je l'ai su par Lothar. Il m'a dit que Beck délirait à mon sujet… Il est apparemment persuadé que j'ai eu une quelconque influence sur la décision finale du jury : s'il n'a pas été retenu, c'est à cause de moi, selon lui. Le misérable ! Évidemment, il préfère chercher un responsable, plutôt que de s'interroger sur ses capacités réelles… C'est plus facile comme ça !

— Il va peut-être chercher à vous nuire, ou à vous faire du mal…

Herr Hummel haussa les épaules.

— Non, je ne crois pas. S'il décidait de rester à Vienne, il me harcèlerait probablement, mais… il compte retourner à Munich, d'après ce qu'on m'a dit. L'un des amis de Lothar doit accompagner demain à la gare tous les candidats recalés qui venaient d'Allemagne, je crois. Je doute qu'on entende de nouveau parler de ce cuistre ! Bon débarras ! Je regrette seulement qu'il t'ait fait peur. Enfin, maintenant tu peux l'effacer complètement de ta mémoire, cela vaudra mieux. Joue-moi plutôt tes études !

Je m'exécutai aussitôt, mais il me semblait que mon professeur ne m'écoutait pas sérieusement, comme à son habitude. Il avait la tête ailleurs, cela se voyait comme le nez au milieu de la figure. J'aurais bien aimé savoir ce qui le préoccupait. Le moment était peut-être venu de l'interroger – discrètement, bien entendu – sur son passé… Sitôt ma leçon terminée, alors que nous buvions un chocolat chaud, je lui posai la question qui me brûlait les lèvres depuis des semaines.

— Herr Hummel… Pourquoi avez-vous quitté Munich ?

Décontenancé, il me regarda droit dans les yeux, l'air grave. Puis il me demanda à son tour :

— Dis-moi, Nina… Que sais-tu exactement des nazis ?

— Pas grand-chose, répondis-je, intimidée.

Je lui répétai alors tout ce qu'on m'avait appris ces derniers temps : qu'ils détestaient les Juifs, et que Hitler était un sanguinaire assoiffé de pouvoir, qui voulait dominer la terre entière… Qu'il attendait que tout le monde lui obéisse au doigt et à l'œil…

— Mais certains de mes professeurs, au collège, disent qu'il va nous protéger des communistes. Et Mutti pense qu'il pourra enfin débarrasser Vienne du chômage et de la misère…

Un rictus effrayant se dessina sur ses traits.

— Ils pourraient nous débarrasser de deux ou trois petites choses sans importance, selon eux… Des choses sans importance comme la dignité humaine, la créativité individuelle… et la race juive tout entière! Tu te souviens du propriétaire du magasin de musique, Herr Ornstein ? C'était vraiment un violoncelliste de talent! Eh bien, il a été obligé de cesser toute activité en Allemagne… non pas à cause de son arthrite, comme je te l'ai dit, mais simplement parce qu'il a le malheur d'être né juif! Les nazis ont interdit à tous les musiciens juifs de donner des cours ou de se produire en public!

Je hochai la tête, sans oser dire un mot. J'avais déjà entendu parler de cette loi cruelle et stupide.

— Vivre sous un régime nazi est le pire des cauchemars, murmura Herr Hummel d'une voix gutturale, en se penchant vers moi. «Ils sont en tout point aussi néfastes que les communistes. On doit applaudir à tout ce qu'ils décident, et soutenir tous leurs projets, et gare à celui qui n'est pas d'accord! On est alors épié, surveillé en permanence… Parfois même par ceux que l'on prenait pour des amis… Et ainsi, en toute impunité, ils détruisent tout ce qui ne correspond pas à l'image du bon peuple allemand, bien sous tout rapport, comme ils veulent le croire… Ils brûlent les livres qui pourraient ouvrir l'esprit sur d'autres façons de penser ; ils bannissent toute forme d'art qui ne glorifie pas l'Allemagne nazie, et… ils mettent au rebut tous ceux qui ont le malheur de ne pas se réclamer de la seule race considérée comme pure, la race aryenne !

Ses paroles me glacèrent le sang. Bon, mais ici, on est en Autriche, c'est différent, me répétai-je pour me rassurer. On ne laissera jamais de telles choses se produire ! Et puis, Herr Hummel n'avait toujours pas répondu à ma question initiale. C'était ce qui m'intéressait avant toute chose.

— Alors, vous avez quitté l'Allemagne pour ne pas vivre sous le régime nazi, c'est ça ? Ou bien vous avez été obligé de vous… enfuir ?

— Disons que je suis parti précipitamment, parce que j'avais des problèmes avec les nazis, oui. Mais j'ai eu plus de chance que d'autres ! Déjà, j'avais de l'argent sur un compte en Suisse. Et puis mon ami, le professeur Haas, Lothar, si tu préfères… S'il n'avait pas été là… Il m'a aidé à trouver un logement, notamment… Grâce à lui encore j'ai pu me procurer un nouveau piano, et rencontrer aussi de nouveaux amis… C'est tout ce que je demande, à présent : de la musique, et un peu de chaleur humaine. Bon, assez de questions ! Il commence à se faire tard ! Il faut que je me dépêche d'aller au marché, sinon je n'aurais rien à manger, ce soir.

J'aurais voulu qu'il me parle aussi des gens qu'il n'avait pas pu aider, ces gens dont les visages continuaient de le hanter, bien après son départ… Assez de questions ! Dommage… Je ne pouvais donc pas lui demander ça, à brûle-pourpoint, sans paraître impolie.

En rentrant chez moi, je ressassais en boucle toutes ses confidences des derniers jours. Elles défilaient dans mon esprit comme ces chevaux de manège qui faisaient tournoyer les touristes sur toutes les places de Vienne. L'argent sur un compte en Suisse ; Rudolf Beck qui le suppliait de lui donner des leçons, et qui était maintenant persuadé de ne pas avoir obtenu le poste au Conservatoire à cause de son influence…

Il aurait donné des concerts à Prague, autrefois… Et aussi, d'après Frau Vogel, à Berlin, à Paris… Il avait dû être très célèbre… Mais alors, pourquoi était-il si pauvre, aujourd'hui ? Et comment se faisait-il que je n'en aie jamais entendu parler, avant ? Johann connaissait pratiquement le nom de tous les plus grands musiciens d'Europe. Il en avait même rencontré plusieurs, et il suivait les carrières des autres, à travers leurs enregistrements et leurs tournées… Il était en outre capable d'identifier entre mille le timbre particulier d'un ténor, ou la vigueur caractéristique d'une orchestration… Mais jamais, jamais, il ne m'avait cité le nom de mon professeur.

Je poussai un profond soupir. Le mystère du passé de Herr Hummel s'épaississait jour après jour…

Chapitre 9

Plus que neuf jours ! réalisai-je mercredi après-midi, en cochant les cases sur le calendrier de la cuisine. « Ouh là là ! Mais il y a à peine neuf jours que j'ai rendu ma rédaction d'anglais ! J'ai l'impression que c'était hier ! Gloups ! Alors, le récital, c'est presque demain ! Au secours ! »

Vendredi dernier, à la fin de ma leçon, Herr Hummel m'avait félicitée.

— Je vois que tu as travaillé d'arrache-pied, Nina, c'est bien ! Ton doigté est plus délié, plus souple, et tu as maintenant de l'aplomb, je le sens. Tu mérites amplement que je te donne des exercices plus corsés ! Et aussi, que je me fasse plus sévère, dans mes critiques...

— Oh non, pitié ! l'avais-je supplié en mimant la douleur.

Mais je me sentais très fière.

Dimanche, j'avais répété jusqu'à la tombée de la nuit. À mon retour, Mutti m'attendait sur le pas de la porte, lèvres pincées.

— Tu m'avais promis de rentrer à quatre heures, rappelle-toi ! Et il est plus de six heures ! C'est un monde ! Je t'attendais pour l'essayage de ta robe !

Il ne me semblait pas lui avoir jamais promis de rentrer si tôt... Surtout pas à moins de deux semaines du concert ! Mais, comme j'étais épuisée et affamée, je résolus de ne pas jeter d'huile sur le feu. Et puis j'avais hâte d'essayer ma nouvelle tenue...

— Excuse-moi, Mutti, je n'ai pas vu le temps passer !

Les pans de tissu de ma robe n'étaient encore que sommairement assemblés, à gros points. Pendant que Mutti s'affairait autour de moi, déplaçant çà et là quelques épingles, et corrigeant par endroits deux ou trois plis, je restai plantée comme un piquet, bras tendus, avec l'interdiction formelle de bouger.

— Non, tu n'iras pas te regarder dans le miroir ! soufflait Mutti, habituée à l'impatience de ses clientes. Tu sais, la couture, ça demande un œil expert ! De toute façon, à ce stade, tu ne pourras pas te représenter l'allure que tu auras, une fois la robe achevée. C'est normal, rien n'est encore ajusté, il n'y a pas toutes les fioritures finales ! Non, n'insiste pas ! Je sais comment ça se passe ! À la boutique, les clientes se précipitent toutes les cinq minutes vers le miroir, et elles sont forcément déçues. Il y en a même qui fondent en larmes comme de véritables bébés ! Après, on doit les consoler, merci !

— Tu es sûre de terminer avant le 11 mars ?

— Nina, tu es bien comme les autres ! constata-t-elle en retirant une épingle qu'elle avait dans la bouche. Vous aurez fini, pour le grand jour ? Vous n'êtes pas en retard, au moins ? Moi, en retard ? Jamais ! En vingt ans de métier, j'ai toujours réussi à respecter les délais de mes clientes !

Je cessai de parler, la laissant tranquillement opérer. Mais je me faisais quand même un peu de bile. Elle pouvait tomber malade, par exemple. Ou décider d'améliorer quelque chose dans le patron de ma robe, et tout recommencer, comme cela lui arrivait parfois.

***

Le mardi suivant, je me rendis à ma leçon de piano, la dernière avant le récital. Herr Hummel, arpentant derrière moi le salon, comme à son habitude, écouta attentivement les deux études que je lui jouai, en me corrigeant par endroits. Puis il me demanda d'exécuter la sonate de Scarlatti.

Dès la première mesure, mes doigts s'emmêlèrent, et je fis, à ma grande honte, deux impardonnables fausses notes. Je recommençai, et me trompai une nouvelle fois.

— Ce n'est rien, Nina : tu es stressée, voilà tout ! affirma Herr Hummel pour me rassurer.

— Mais ce sera pire, vendredi ! Et si ça se passe mal ?

— Eh bien, ce ne sera pas une catastrophe ! Quelques fausses notes ne feront pas de toi une mauvaise pianiste ! Même si tu joues faux, je continuerai d'être fier de toi, et le monde continuera de tourner... Et la prochaine fois que tu monteras sur une scène, tu auras appris à mieux dominer ta peur !

— Je ne suis peut-être pas encore prête pour jouer devant un public ! C'est la première fois, et je ne suis pas assez compétente, et...

Herr Hummel tendit l'oreille vers la porte d'entrée de son appartement :

— C'est bizarre, j'aurais juré qu'elle était fermée ! Nous sommes seuls… Je n'ai pas vu passer ta mère, et pourtant j'ai bien l'impression de l'avoir entendue parler, à l'instant même… Pas toi ?

Je pouffai de rire. D'accord : on aurait effectivement dit que c'étaient ses propres paroles.

Je repris la sonate, un peu plus détendue. Cette fois, je ne fis pas d'erreur ; mais la mélodie manquait des nuances que j'avais réussi à lui donner ces deux dernières semaines. Et ce fut pire pour Mendelssohn : je le jouai sans conviction.

— Nous devrions peut-être abréger la leçon, aujourd'hui. Tu as l'air fatiguée, et tu ne fais que t'énerver sur ces morceaux. Repose-toi, demain. Va te promener, faire les magasins… Surtout ne touche pas à ton piano ! Tout se passera bien.

Si seulement ! J'étais encore toute retournée d'avoir massacré ainsi ma sonate.

Pendant que Herr Hummel préparait le traditionnel chocolat chaud, je m'approchai du petit ange et caressai du bout des doigts ses joues rondes. « Souhaite-moi bonne chance, toi ! » murmurai-je pleine d'espoir. Le visage éclairé par le halo doré de son auréole, on aurait dit qu'il me chuchotait des paroles réconfortantes : « Tout ira bien : je serai là, dans ton cœur. » Une sensation de paix m'envahit aussitôt. Il n'était pas donné à tout le monde de voir sourire un ange : c'était de bon augure !

Le soir suivant, ma robe était prête. Je l'enfilai, un peu inquiète ; mais ce que je vis dans le miroir me rendit folle de joie. Mutti s'était surpassée : parfaitement ajustée à la poitrine, et soulignant la cambrure de mes hanches, cette robe me donnait l'air d'une vraie demoiselle. Ma taille paraissait en effet plus fine, grâce aux pinces de la jupe. Disparue, enfin, l'enfant timide et joufflue !

— Elle est magnifique, Mutti ! Merci, merci, merci ! Je parie que pas une seule fille de ma classe ne pourrait se vanter d'avoir une si belle robe. Pas même Elisabeth !

Mutti haussa modestement les épaules, mais le compliment l'avait touchée, comme en témoignait l'étincelle de fierté qui illuminait son regard.

— Il est vrai qu'elle te donne de l'allure. Attends, je vais faire les ourlets. Ensuite tu pourras aller la montrer à Frau Vogel.

Dimanche dernier, Eulalie avait rendu son dernier souffle – probablement épuisée d'avoir trop parlé, avait ironisé Mutti. Aussi notre chère voisine était-elle venue passer la soirée chez nous.

— Oh, ma chérie, tu es splendide ! s'était-elle exclamée en me voyant apparaître au salon. Quelle belle robe ! Tourne-toi voir un peu… Ah, oui, avec ça, tu as de la classe ! Tu fais plus jeune que ton âge !

Elle ne pouvait pas me faire plus plaisir.

Plus tard dans la soirée, j'apportai mes livres d'école et pris place près du poêle à charbon pour réviser mes leçons, en compagnie de Mutti et de Frau Vogel, qui étaient penchées sur le poste de radio pour ne pas perdre une miette du discours du chancelier Schuschnigg. La voix de ce dernier, habituellement morne, vibrait ce soir-là d'une vigueur nouvelle. Si bien que j'abandonnai rapidement mes devoirs, pour écouter à mon tour sa déclaration.

Schuschnigg annonça son intention de consulter, dans un grand plébiscite, la population autrichienne sur l'avenir du pays. Le dimanche 13 mars suivant, il appelait tous les citoyens à voter : Oui, pour une Autriche libre ; ou Non, pour l'abandon de la souveraineté et l'assujettissement à l'Allemagne nazie.

— Les gens vont voter Oui, pour sûr ! se rassurait Frau Vogel. Et Hitler nous laissera tranquilles pour de bon. Il avait d'ailleurs promis de ne jamais envahir l'Autriche, tant que le gouvernement s'y opposait !

Dans le dialecte de sa région d'origine, le Tyrol, Schuschnigg exhortait le peuple à le soutenir. « Dites Oui à l'Autriche ! Le temps est venu pour nous de faire front ! »

Par moments, les ondes se brouillaient, mais les crépitements des haut-parleurs ne couvrirent pas la liesse que provoquèrent, dans la foule qui était venue l'acclamer, les derniers mots de Schuschnigg : « *Heil !* Tant que nous vivrons, l'Autriche restera rouge et blanc ! L'Autriche, ou la mort ! »

Mutti, tenant son ouvrage sur les genoux, plantait rageusement l'aiguille dans la doublure de ma robe en écoutant le chancelier. « Aïe ! » s'écria-t-elle en se piquant le pouce. Une perle de sang apparut à la surface de la peau.

— Attention, Anneliese, plaisanta Frau Vogel, ou sinon Nina portera un jabot rouge et blanc le jour du concert !

— Oui, repris-je en riant, ce jour-là j'afficherai les couleurs de la patrie sur ma poitrine! Quel panache!

Mais Mutti ne partageait pas notre joie.

— Je ne vois pas ce qu'il y a de drôle dans la mort, moi! déclara-t-elle sèchement. L'Autriche ou la mort! Je n'aime pas tellement cette histoire... Les gens oublient trop facilement ce que c'est que la guerre!

— Mais enfin, Mutti... Tu ne voudrais tout de même pas que Hitler envahisse l'Autriche? demandai-je avec inquiétude. Herr Hummel dit que c'est un cauchemar de vivre sous un régime nazi... Il dit que...

Elle haussa les épaules :

— Ah! Ton professeur parle de cauchemar! Eh bien, je pourrais lui rappeler, moi, celui de la guerre. L'Autriche ou la mort... Pff! De belles paroles, tiens! Et quand ce sera le tour de nos frères, de nos maris et de nos enfants de partir à la guerre... Et quand toi, Nina, tu feras la queue, dans le froid, pendant des heures, pour acheter de pauvres rations de nourriture, et qu'on te renverra finalement chez toi, parce qu'il n'y aura plus rien! Quand tu seras malade, et qu'il n'y aura plus de médicaments! Hein?! Il sera bien temps, alors, de regretter ces belles paroles!

Là-dessus, elle se tut. Crispée sur son ouvrage, elle secouait maintenant la tête, effectuant de petits points nerveux en tirant furieusement sur le fil.

***

Le lendemain, je ne pus rien écouter de ce que racontaient mes professeurs. J'étais bien trop nerveuse. Plus qu'une journée avant le récital ! De nouvelles terreurs surgissaient l'une après l'autre dans mon esprit. Si je faisais une fausse note, est-ce que je serais capable de surmonter mon trouble et de continuer ? Pourvu que le piano de l'Académie soit bien accordé... Et si le tramway tombait en panne, et que j'arrivais en retard ? Et si... Et si...

Je fus soulagée de me diriger en classe de musique. Là, au moins, je me sentais dans mon élément. Mais, au lieu de nous faire cours, comme d'habitude, Frau Gessler décida de nous faire écouter des valses de Strauss sur son gramophone. Puis, dans un élan de patriotisme, elle nous ordonna de chanter l'hymne national autrichien. « *Vaterland, wie bist du herrlich ! Gott mit dir, mein Österreich !* » avons-nous entonné, à tue-tête.

À mes côtés, Elisabeth n'arrêtait pas de gesticuler.

— C'est aussi l'air de l'hymne national allemand ! soufflait-elle, méprisante. Je suis sûre qu'elle ne le sait même pas, cette vieille bique !

— Peut-être, mais à l'origine cette musique a été composée pour l'Autriche, je te ferais remarquer ! soufflai-je en retour. C'est Joseph Haydn qui l'a écrite ! Alors ferme-la !

Et vlan ! Quelle peste, celle-là !

Frau Gessler nous lança un regard sévère. Mais avant qu'elle n'ait pu ouvrir la bouche pour nous réprimander, quelqu'un frappa à la porte. Notre professeur ouvrit et discuta un moment avec la surveillante qui lui apportait un message.

— Bon, mes enfants ! Je réclame une minute d'attention ! s'exclama-t-elle ensuite en se tournant vers la classe. La patrie a besoin de volontaires ! Lesquelles d'entre vous seraient d'accord pour aider l'Autriche cet après-midi ?

Une vague d'agitation avait soulevé les rangs.

— Il s'agit d'aller tuer Hitler, madame ? demanda effrontément Hedi.

— Mademoiselle ! Veuillez surveiller vos propos ! Non, les enfants, taisez-vous ! Notre chancelier Schuschnigg a besoin de bras pour distribuer des tracts dans la rue ! C'est pour le plébiscite qui se déroulera dimanche, vous êtes toutes au courant ? L'Autriche a besoin d'un effort de votre part pour affirmer haut et fort son indépendance ! Alors ? Qui se propose ?

Elisabeth s'offusqua :

— Mon père serait furieux d'apprendre que j'ai fait quoi que ce soit pour aider Schuschnigg ! Il dit que...

— Personne ne vous oblige à y aller, mademoiselle ! l'interrompit brutalement Frau Gessler. Bon, où en étais-je ? Ah, oui ! Alors, des volontaires ? Très bien, Nina, Julie, Annemarie, et Trude. Écoutez-moi : vous allez vous rendre au pied de l'escalier principal. Là, un homme vous attend. Il vous expliquera mieux que moi le déroulement des opérations. Pas d'autres volontaires ? C'est bien sûr ? Vous savez, une telle opportunité de soutenir notre pays ne se représentera peut-être pas de sitôt ! Moi-même, je serais enchantée de pouvoir rejoindre le mouvement !

Je suivis mes camarades dans le couloir. Ce n'est pas tant que l'Autriche ait vraiment besoin de mon aide, pensai-je. Pour ne pas soutenir notre chancelier contre Hitler, il faudrait être abruti, à mon avis. Non, je m'étais portée volontaire parce que je savais que cela ferait sûrement plaisir à Herr Hummel. Et aussi, parce que, au moins, pendant ce temps-là, je n'aurai pas à rester vissée sur ma chaise à attendre impatiemment la fin des cours. Un peu d'activité me fera sûrement le plus grand bien. Si ça pouvait chasser mes idées noires…

Dehors, les rues grouillaient de monde. Par les fenêtres ouvertes des immeubles, on entendait des airs entraînants de polkas, de valses ou de marches autrichiennes. Partout, les manifestants étaient encadrés par des camions, décorés de banderoles aux inscriptions patriotiques. Brandissant des haut-parleurs, leurs passagers haranguaient la foule en vociférant les slogans de Schuschnigg. Derrière, les gens suivaient, tranquillement, agitant des drapeaux à bout de bras. Toute cette animation créait un joyeux tintamarre ; l'enthousiasme se lisait sur les visages et la bonne humeur était communicative.

Mon travail était très simple. Postée au coin de la Mariahilferstrasse et de la Stumpergasse, je devais distribuer des prospectus, la tête haute et droite comme un I. « Surtout, nous avait recommandé l'homme qui était venu nous chercher à l'école, montrez que vous êtes fières de votre pays ! Dès qu'une personne s'approche, adressez-lui votre plus beau sourire, saluez, en répétant toujours : "N'oubliez pas de voter Oui dimanche !"»

Tous les passants répondaient volontiers à mes sourires. Certains me faisaient un petit signe de la main pour soutenir mon effort ; d'autres me remerciaient quand je leur tendais un tract. Une vieille dame me donna même une petite tape affectueuse sur le bras : «On m'en a déjà donné un... Mais surtout, continuez !!! Et gardez-en un pour vous, mademoiselle ! C'est l'Histoire qui se déroule devant vous ! Un jour, en le retrouvant, vous vous féliciterez d'avoir participé à ce grand rassemblement de mars 1938 ! Vous vous souviendrez que vous avez aidé l'Autriche à rester libre et indépendante ! »

Je la remerciai et fourrai le tract dans mon cartable. Je décidai de le ranger, plus tard, dans ma pochette précieuse : il trouverait parfaitement sa place, au milieu du programme du récital et des photos de moi que Mutti avait promis de prendre, avec ma nouvelle robe.

Ma réserve s'épuisa bien avant l'heure officielle de la fin de l'école. Que faire ? Retourner en classe pour me procurer d'autres prospectus ? Ce n'était sans doute pas la peine : le chef des volontaires nous avait annoncé qu'ils seraient simultanément distribués dans tout le pays. Le gouvernement avait même prévu d'en larguer des milliers sur la ville, par avion.

Et je n'allais pas faire demi-tour, uniquement pour assister à la dernière demi-heure du cours d'histoire, alors que j'étais à moins de cinq minutes de la maison. Personne ne verrait la différence, de toute façon : dans la rue, la fête battait son plein. Les fenêtres déversaient toujours des airs populaires. Non loin, je distinguai la mélodie éclatante de gaieté de la *Radetzky Marsch* de Strauss. En chemin, je souris bravement aux gens que je croisai, partageant avec eux l'enthousiasme général. Pas un adulte, alors, n'a dû se demander pourquoi je n'étais pas à l'école, cet après-midi-là. Car aujourd'hui, à Vienne, on était libre de faire tout ce qu'on voulait !

Et moi, ce que je voulais faire, c'était répéter les morceaux du récital.

Une fois à la maison, je fermai la porte à double tour, déposai manteau et cartable sur le sofa, et me dirigeai vers la cuisine pour me préparer un bon verre de lait. Demain, à cette heure-ci, pensai-je, je serai en train d'enfiler ma nouvelle tenue pour le concert. Comment me sentirai-je ? Prête à affronter le public, ou au contraire terrifiée ?

Je fus prise de frissons en m'asseyant au piano. Demain, demain, me répétais-je sans cesse. Mon Dieu !

Après quelques exercices d'échauffement, j'attaquai le morceau de Scarlatti. Et là, dès la cinquième mesure, l'horreur : je cafouillai à l'endroit précis où je m'étais trompée lors de ma dernière leçon. Puis, plus loin, une deuxième fois. Et encore plus loin, aussi.

Pétrifiée, je m'arrêtai et fixai le clavier, mains crispées sur les genoux. Au secours ! Je faisais des fausses notes même dans les passages les plus enfantins ! Quant à la mélodie, c'est simple, une véritable catastrophe... J'avais joué platement, comme si je n'entendais soudain plus rien des mouvements de la sonate : les notes s'étaient enchaînées bêtement les unes aux autres, sans profondeur. Sans respiration. Sans donner sens à la musique.

Je recommençai. Cette fois, ce fut pire : je me trompai à la toute première mesure. Dos raide, mains figées, je m'emmêlais continuellement les pédales.

Pourtant, je croyais connaître ce morceau sur le bout des doigts ! Que se passait-il ? Le trac, évidemment : rien que de savoir que je jouerais demain à l'Académie, je paniquais. Mon esprit s'embrouillait, et je n'étais plus capable de rien.

Les paroles de Herr Hummel me revinrent en mémoire. Laisser la musique chasser la peur... Hmm ! Facile à dire ! Je voudrais bien, moi, mais je joue comme un pied !

La main sur la poitrine, je respirai profondément. Du calme, ma vieille ! Vider les poumons, souffler... Tu parles ! Au bout de quelques minutes, j'éclatai en sanglot. La peur avait eu raison de la musique dans mon cœur. Terrassée, elle s'était tout simplement enfuie. Pfuit ! Plus rien. Et ça ne reviendrait pas en un clin d'œil.

Dehors, le ballet des camions se poursuivait toujours. Les haut-parleurs diffusaient les mêmes slogans, sur fond de marches viennoises : « Dimanche 13 mars, votez Oui à l'Autriche ! Oui à l'Autriche ! » Le vacarme de la rue me paraissait maintenant insupportable. J'avais la tête vide, et j'avais besoin de silence.

Soudain, la sonnerie de la porte d'entrée retentit. J'hésitai à me lever pour aller ouvrir. Je n'avais envie de voir personne.

— Nina ? faisait une petite voix derrière la porte. Nina, c'est moi, Lore Siegler. De l'école. Je t'ai apporté les cours...

Qui ? Je fronçai les sourcils, perplexe. Ah, oui, suis-je bête ! Lore Siegler, la nouvelle ! Le petit moineau craintif ! Je haussai les épaules ; bah ! Il fallait bien se résoudre à ouvrir, puisqu'elle savait que j'étais là. Elle avait dû m'entendre jouer. Je déverrouillai la porte et la fis entrer dans le couloir.

— Excuse-moi de te déranger, commença-t-elle, les yeux baissés. Je t'ai apporté les cours d'anglais et d'histoire que tu as ratés cet après-midi. Pour que tu les rattrapes !

— Merci ! C'est gentil d'avoir pensé à mes devoirs !

Elle resta un moment immobile, sans rien dire, les mains tordues dans le dos. Puis elle se décida à reprendre :

— En fait, je suis venue pour autre chose... Heu... Tu sais, Frau Schäffer a rendu les rédactions, et elle en a lu certaines à voix haute. Elle a lu la tienne, et, heu... Enfin, voilà, j'ai appris que tu étais musicienne. Moi aussi ! Je joue du violon !

— C'est vrai ?

J'étais sidérée. Je n'aurais pas été plus surprise si Frau Vogel m'avait annoncé qu'elle s'était mise à la trompette. Quoi ? Ce petit oiseau chétif, jouer du violon ?

Lore hocha vivement la tête. Ses yeux brillaient d'un éclat nouveau, et son visage semblait constellé de petites fossettes maintenant qu'elle souriait. Elle était jolie, comme ça.

— Oui, j'étais au Conservatoire d'Innsbruck, avant. Mon professeur m'a donné les références d'un professeur de violon qu'il connaît ici, au Conservatoire de Vienne, mais je ne l'ai pas encore rencontré. Et toi ? Tu prends des cours là-bas ?

— Non. J'ai un professeur particulier. Mais mon frère y était, lui. Au fait, excuse-moi, je ne t'ai pas fait entrer. Tu veux un biscuit ? On peut goûter, et on serait mieux au salon, pour parler…

— D'accord, mais tu sais, je ne pourrai pas rester longtemps. Ma mère m'a donné des courses à faire, et il faut que je sois rentrée à la maison avant elle, sinon elle va s'inquiéter. Au fait, tu savais que nos mères travaillaient dans la même boutique ? La mienne n'a pas arrêté de me presser de venir te rendre visite… Mais bon, je suis timide, et puis je trouvais ça artificiel…

— Tiens, c'est drôle, la mienne aussi a insisté lourdement. Rassure-toi, je te comprends !

Moi non plus je n'aime pas vraiment me sentir obligée !

Nous avons explosé de rire en même temps.

Lore m'a suivie au salon. Je lui expliquai alors que l'Académie était une bonne école de musique, avec d'excellents professeurs. Je lui établis aussi la liste de tous les cours qu'on pouvait prendre là-bas : solfège, chant, piano, violon, contrebasse, hautbois, et tant d'autres encore…

— Tiens, d'ailleurs, c'est drôle : les salles de piano sont juste à côté de celles de violon ! Si tu veux, je pourrais t'y emmener, un samedi après-midi, pour visiter…

— Oh oui ! Volontiers !

Lore avait les joues toutes roses, maintenant. Son visage rayonnait de plaisir.

— Oh là là ! Je suis contente que Frau Schäffer ait lu ta rédaction ! Comme ça je t'ai rencontrée. Les autres filles de la classe sont gentilles, mais elles ne sont pas musiciennes. Elles ne peuvent pas…

Elle se tut et haussa les épaules.

— Je sais, poursuivis-je. Elles ne peuvent pas comprendre !

Même Erika s'impatientait parfois de m'entendre sans arrêt parler de musique. Et elle s'était souvent énervée, quand je lui disais que je préférais travailler un morceau, plutôt que d'aller faire du vélo avec elle…

— Malgré tout, en classe, tout le monde se réjouit pour toi, demain. Enfin… sauf Elisabeth von Prettin. Dès qu'elle a saisi le mot « piano », elle n'a pas arrêté de nous faire suer avec celui qu'elle a reçu pour son anniversaire. Le plus beau piano de toute la ville, qu'elle dit !

— Alors ça, j'en aurais mis ma main à couper ! Quelle prétentieuse, celle-là !

J'avais envie de rire, au fond. La pauvre ! Se vanter de posséder le vieux piano des Jacobson, tout ce qu'il y a de plus banal ! Si elle savait qu'il avait appartenu à des Juifs, elle en ferait une crise cardiaque ! Quelle ironie !

— Maintenant, tout le monde attend que tu nous fasses une petite démonstration de tes talents cachés ! Même Frau Schäffer ! Elle a dit que tu pourrais nous donner un petit récital privé, un jour, dans la salle de musique ! Bon, mais moi, c'est le vrai récital qui m'intéresse ! Qu'est-ce que tu vas présenter ?

À sa demande je lui racontai tout : que Herr Hummel m'avait recommandée à son ami, le professeur Haas. Et les semaines trop courtes que j'avais passées à travailler Scarlatti et

Mendelssohn en urgence. Je lui avouai même que j'avais perdu ce soir tout sens de la musique.

— Mais c'est normal, avant un concert ! s'exclama Lore pour me rassurer. Et à plus forte raison, si c'est ton premier ! Moi, la veille de mon premier récital, j'étais incapable de sortir une note de mon violon. J'avais perdu tous mes moyens ! Comme si je n'avais jamais touché un archet de toute ma vie. Quelle angoisse ! Mais une fois montée sur scène, pas de problème ! Fais-toi confiance, respire, et tu verras, tout se passera bien ! Oh ! Il est tard ! Je n'ai pas vu l'heure filer ! Je dois m'en aller. On se voit demain, à l'école, de toute façon. Et sûrement samedi...

Elle se précipita vers la porte.

— Hé ! criai-je à son intention dans la cage d'escalier, on pourrait aussi aller se promener au parc, après la visite ?

— Bonne idée ! À demain !

Par la grande fenêtre du salon, je la regardai remonter la Stumpergasse. Elle ne rasait plus les murs, comme à l'école, effrayée par le flot d'élèves inconnus. À présent toute légère, elle sautillait sur le trottoir. Cette fille ressemblait de plus en plus à un moineau. Mais je commençais à trouver ça attachant.

J'étais sûre qu'on allait s'entendre à merveille, toutes les deux.

Je repris place sur le banc du piano et fermai les yeux : «Fais-toi confiance! Bon, d'accord, décidai-je en me répétant les paroles de ma nouvelle amie. Allez, les doigts sur le clavier, ma grande : on verra bien ce que ça donne!»

Cette fois, je ne me forçai pas à jouer Scarlatti. Ni même aucun morceau en particulier. Je laissai simplement ma main droite filer sur les touches. Librement. Peu à peu, mes doigts se décrispèrent, mon poignet s'assouplit. La musique ne m'avait pas totalement abandonnée, finalement.

L'air que je jouais sans réfléchir commençait à s'approcher de celui de ma sonate. Portée par ma rêverie, presque somnolente, je ne réalisai pas que ma main gauche s'était jointe à sa jumelle pour l'accompagner. Puis, après quelques minutes, maintenant parfaitement détendue, je repris Scarlatti à son début. J'enchaînai ensuite par Mendelssohn. Tout mon corps semblait vibrer avec les cordes ; j'étais dans un tel diapason avec la musique que j'en ressentais tous les mouvements. Comme un oiseau, il me semblait prendre avec elle mon envol, décrire là-haut des courbes amples et majestueuses, portée par son souffle ; puis, accélérer, un peu, avant de redescendre en douceur jusqu'au sol.

Je ne vis pas le temps passer ; quand Mutti revint de la boutique, j'étais encore au piano.

— Quel plaisir de rentrer chez soi après le travail ! Je suis lessivée ! souffla Mutti, en s'écroulant dans le sofa. Et toi ? As-tu passé une bonne journée ?

— Moi ? Oh oui ! répondis-je en souriant.

En effet : j'avais défendu l'indépendance de l'Autriche ; je m'étais fait une amie. Et j'avais enfin compris ce que prendre confiance en soi signifiait.

Chapitre 10

Vendredi 11 mars 1938. Jour de mon récital. Il faisait une telle douceur printanière, ce matin-là, que je n'aurais pas été surprise de voir éclore soudain les forsythias jaunes de la cour. Seuls quelques légers nuages, à petits pas gracieux, virevoltaient dans le ciel turquoise. Le temps idéal pour apaiser mes angoisses. Rien de tel en effet qu'une pluie battante ou les grondements d'un orage pour jouer avec mes nerfs.

Ce soir, après l'école, j'aurai juste une demi-heure pour passer par la maison et me changer. Pas une minute à perdre avec ma coiffure ! Aussi, après avoir enfilé ma blouse, je décidai de résoudre dès maintenant ce problème.

Hier, Mutti m'avait coupé les fourches. « La chaleur du fer abîme un peu la fibre capillaire, avait-elle remarqué. Il vaut mieux lui donner avant un bon coup de fouet ! » Aujourd'hui brillants, mes cheveux s'enroulaient en boucles souples. Je brossai les mèches du front et les attachai derrière avec ma pince dorée.

Une odeur de café flottait dans l'appartement. J'entendis qu'on déplaçait une chaise dans la pièce voisine.

— Dis, tu aimes ma nouvelle coiffure ? demandai-je gaiement en faisant irruption dans la cuisine.

En apercevant les traits tirés de Mutti, mon entrain retomba aussitôt. Elle avait gardé sa robe de chambre ; les yeux dans le vide, elle avait posé son coude sur la table, le front serré entre le pouce et l'index.

— Quoi ? Tu as la migraine, c'est ça ?

Elle secouait faiblement la tête.

— Non, non.

— Bon alors, c'est quoi le problème, cette fois ? Tu... tu viens toujours à mon récital, n'est-ce pas ?

Elle lâcha un profond soupir.

— Tu m'en voudrais atrocement, si je ne venais pas ?

— Mais tu m'avais promis de venir !

— Je sais. Je croyais que j'en serais capable, mais là, c'est au-dessus de mes forces. Je ne me sens pas prête.

« Celle-là, c'est la meilleure ! pensai-je. Et moi, alors ? Est-ce qu'elle se demande si je me sens prête, moi ? »

— Rien que l'idée d'aller là-bas, et d'entendre tous ces enfants jouer du piano, continua-t-elle, les yeux embués, je… j'ai la nausée… Tu peux comprendre ça, ma chérie. Je ne suis pas allée à l'Académie depuis que Johann…

La colère grondait en moi. J'entendis résonner dans ma mémoire le ton véhément du dernier discours de Schuschnigg : « Il est temps pour nous de faire front ! »

— Mutti, écoute-moi, maintenant. Johann me manque terriblement, à moi aussi. Et j'arrêterais tout de suite le piano, si cela pouvait le faire revenir, même un seul instant. Mais tu sais bien que ce n'est pas possible.

— Évidemment ! Je n'ai jamais dit…

— Peut-être, m'emportai-je, mais tu te comportes de façon à me le faire croire !

Elle en eut le souffle coupé.

— Tu es ma mère : tu sais ce que ça veut dire, au moins ? Eh bien, ces derniers temps, qui est-ce qui s'est occupé de moi ? Herr Hummel et Frau Vogel ! Ils m'ont consolée, quand j'avais le cafard ; ils m'ont encouragée, soutenue… Comme de vrais parents ! Alors que toi… Tiens, même si tu venais à mon récital, je suis sûre que tu ne m'écouterais pas. Tu ne verrais que Johann, tu n'écouterais que Johann… Johann, Johann, Johann, Johann ! Tu n'as que lui en tête ! Il n'y a pas de place pour moi dans ton cœur, parce qu'il est déjà rempli de Johann !

— Nina ! s'écria-t-elle dans un hoquet. Tu n'as pas le droit de dire une chose pareille !

— Ah bon ? Et pourquoi ? Pff ! De toute façon, il est l'heure d'aller à l'école, et tant mieux ! Je n'ai plus envie de te parler. Si tu décides de venir à mon récital, finalement, ça m'est complètement égal. J'en ai assez de tenir compte de ce que tu penses, d'avoir peur de tes critiques et de faire attention au bruit, pour ne pas te déranger… Assez, tu entends ? Je veux devenir une grande pianiste, et tu ne m'en empêcheras pas !

Je me ruai au salon pour attraper mon cartable. Encore fulminante, j'enfilai mon manteau et claquai la porte de l'appartement derrière moi.

Mon cœur battait à tout rompre. Et si Mutti tombait malade, à cause de moi, comme la fois où je m'étais énervée parce qu'elle avait rangé toutes les partitions au grenier ? Eh bien, ruminai-je, elle n'aura qu'à appeler Frau Vogel pour s'occuper d'elle, la pauvre chérie ! Puisque ça m'est égal, soi-disant…

— Nina, attends-nous !

Plus loin derrière moi, j'aperçus Hedi, Käthe, Paula et Annemarie qui dévalaient la rue pour venir me rejoindre.

— Dis donc, cachottière, commença Hedi, tu ne nous avais pas dit que tu donnais un concert cet après-midi !

— Oui, pourquoi ? Tu avais peur qu'on ne te croie pas ? renchérit Annemarie.

— Oh là là, tu es bien, comme ça, avec les cheveux bouclés !

— Et au fait, tu vas mettre quoi, en bas ? demanda Käthe.

— Pas ta blouse d'école, j'espère !

— Non, j'ai une nouvelle robe. Vous verriez comme elle est belle ! C'est ma… ma mère qui me l'a faite.

— Dis, tu nous causeras encore, quand tu seras célèbre ?

— Hmmm… Je vais réfléchir, minaudai-je, le sourire au coin des lèvres.

Puis, sans hésiter, je lançai :

— Quand le récital sera passé, il faudra fêter ça ! Vous pourriez peut-être venir chez moi, un après-midi de la semaine prochaine ? J'inviterai la nouvelle, aussi ! Lore, oui… Elle m'a dit qu'elle jouait du violon, et demain je lui ai proposé de l'emmener visiter l'Académie. Elle est gentille, vous verrez ! Et puis, je connais quelqu'un qui fait de délicieux gâteaux ! Vous viendrez, alors ?

Je crus voir Hedi et Käthe se jeter un regard surpris. Mais Hedi répondit du tac au tac :

— Mais oui, c'est une très bonne idée ! Moi, je viendrai.

— Moi aussi, ajouta Käthe.

— Compte sur moi ! enchaîna Paula.

— Et moi, je suis libre toute la semaine prochaine, conclut Annemarie.

— Bon, repris-je, ça ne peut pas être mardi, ni vendredi, parce que je vais à ma leçon ces jours-là. Mais sinon, n'importe quel autre après-midi !

Après tout, je pouvais bien ne pas travailler

mon piano, pour une fois. Et puis, si Mutti avait la migraine, nous pourrions tout de même nous installer dans la cour : ça ne la gênerait pas.

C'est drôle.... Cela n'avait pas été si difficile de les inviter à la maison...

Tout le monde, à l'école, semblait être au courant, pour mon récital. Des filles que je connaissais à peine venaient même me féliciter ou m'encourager. Les heures de cours filèrent à toute vitesse : j'étais encore un peu nerveuse, mais beaucoup moins inquiète que la veille.

Je m'installai à côté de Lore, à la cantine ; avec elle, je pouvais bavarder sans m'arrêter, une vraie pipelette. Comme avec Erika. Je lui racontai que sa visite m'avait fait beaucoup de bien, hier, et que j'avais réussi à surmonter ma peur après son départ.

Elisabeth s'était tenue tranquille toute la journée. Mais, en sortant d'anglais, notre dernier cours, elle m'aborda dans le couloir.

— Dis-moi, c'est difficile, de jouer du piano ?

— Difficile ? pouffai-je en secouant les boucles de mes cheveux, pour l'imiter. Pas pour moi, en tout cas !

Et vlan, dans les dents ! Une petite leçon de modestie ne lui ferait sûrement pas de mal...

Mais elle baissait les épaules, l'air abattu.

— Mes parents m'ont obligée à prendre des leçons de piano, mais, moi, la musique… C'est pas mon fort ! Tu crois que je pourrais y arriver, moi aussi ?

— Tu sais, Elisabeth, ça fait des années que j'en joue, du piano, moi ! repris-je en changeant de ton. C'est avec l'habitude qu'on devient bon… Il n'y a pas de raison que tu n'y arrives pas, tu sais ! Au début, tu joues uniquement des petits morceaux faciles, et puis…

Pendant un court instant, j'ai cru qu'elle allait me répondre par un sourire. Un vrai sourire, je veux dire. Mais non. Elisabeth a laissé tomber son masque, pour reprendre son air supérieur habituel :

— Uniquement des petits morceaux, tu dis ? Ouf, alors ! Parce que, franchement, moi, le piano… Je n'ai pas de temps à perdre avec ce truc débile !

Puis, visiblement satisfaite, elle tourna les talons, en secouant ses boucles blondes d'enfant gâtée. Hmm, ce qu'elle pouvait m'énerver !

De retour chez moi, j'eus à peine le temps d'enfiler ma nouvelle robe et de me donner un petit coup de peigne. Mutti n'était pas à la maison ; la jupe de lin grise qu'elle avait eu l'intention de porter pour le récital n'était plus suspendue à son cintre, dans la buanderie. Peut-être avait-elle résolu de venir m'écouter, finalement ?

— Nina, tu es splendide! me félicita Herr Hummel quand je pénétrai dans son appartement. (Il était très élégant, lui aussi, dans son costume bleu nuit. Il avait revêtu une belle chemise blanche, que fermait une cravate à rayures bleues et rouges.) Ta maman nous rejoint devant l'entrée des artistes ?

— Oui, je crois.

Il me lança un regard interrogatif. Mais je n'avais aucune envie de parler de ma mère. Toute la journée, j'avais essayé de me convaincre que je me fichais de savoir si elle viendrait ou pas. Mais sans succès : en réalité, je ne m'en moquais pas. Mais alors, pas du tout. Je crevais d'envie qu'elle soit là, au contraire, pour me voir et m'entendre. Et qu'elle soit fière de moi.

Nous empruntâmes le tramway qui suivait la courbe du Ring, le grand boulevard au sud de la ville. Puis nous fîmes les derniers cent mètres à pied jusqu'à l'Académie. Je connaissais le chemin par cœur, pour l'avoir parcouru des dizaines de fois quand Johann y donnait un concert. À mesure que j'approchais du bâtiment, ma gorge se serrait, mon pouls s'emballait. Aujourd'hui, c'était mon tour : j'allais monter sur scène ! Mon plus grand rêve allait se réaliser dans moins d'une heure.

La salle où se déroulerait le récital était petite ; elle n'avait ni rideaux de scène pourpres ni projecteurs. Installé sur une simple estrade, le piano droit était flanqué de part et d'autre d'un bouquet de glaïeuls rouges et blancs et d'un drapeau autrichien.

Le professeur Haas vint nous accueillir :

— Bonjour, Wilhem ! Fräulein Radky, je suis enchanté de faire votre connaissance ! Imaginez ma surprise, quand ce bon vieux Wilhem m'a appris que c'était vous, l'élève dont il me rebat les oreilles depuis des semaines ! J'ai hâte d'écouter ce que vous allez nous jouer !

— *Küss die Hand*, murmurai-je, écarlate, en faisant une petite révérence.

— Vous êtes la cinquième sur la liste. En attendant qu'on vous appelle, vous irez vous asseoir au premier rang, avec les autres participants, d'accord ? Nous commençons dans quelques instants !

— Je vais chercher des places derrière et en garder une pour ta mère, proposa Herr

Hummel. Et surtout, pas d'inquiétude : tout se passera à merveille !

Il me donna une petite pression affectueuse sur le bras et me quitta pour rejoindre le public.

Je me dirigeai au premier rang et pris place parmi les musiciens. La plupart des pianistes étaient déjà bien plus âgés que moi. Certains se tordaient les mains, autant pour les assouplir que pour passer leur angoisse. D'autres bavardaient, plaisantaient même, visiblement très à l'aise. Une jeune fille aux longues nattes noires m'adressa un sourire ; à côté de moi, un adolescent, maigre et dégingandé, me demanda ce que j'avais l'intention de jouer.

— Ah, Scarlatti ! siffla-t-il en redressant ses lunettes qui glissaient sur son nez. Peu de gens osent s'y affronter, vous savez ! Mon professeur me dit que beaucoup de pianistes massacrent tout simplement ses sonates ! Je suis impatient de vous entendre !

— Mais, mais, comment ça, massacrer ? bégayai-je.

Mon voisin ne me répondit pas. Herr Haas s'était levé et s'apprêtait à saluer le public.

Un jeune homme blond, nommé Paul, ouvrit le récital. Il interpréta deux extraits de l'Album pour la Jeunesse de Schumann. Ensuite vint une fille, aux joues encore rondes de l'enfance, qui joua du Chopin. Une autre suivit, cette fois avec l'étude de Bach sur laquelle je m'arrachais les cheveux. La quatrième participante, celle qui avait des nattes, avait choisi un prélude de Rachmaninov que Johann aimait particulièrement.

Bientôt mon tour…

« Tout ira bien, me répétai-je pour me rassurer. La musique est là, dans mes mains, dans mon cœur, comme hier… Elle ne va pas s'en aller comme ça, juste pour me faire une mauvaise farce… » Sauf que mes mains étaient trempées, et que mon cœur s'emballait.

Les yeux fermés, je me représentai le petit ange de céramique bleue, dans la dentelle des rideaux, chez Herr Hummel. Le souvenir de son regard bienveillant me calma, comme si son sourire symbolisait l'amour de tous ceux qui croyaient en moi : Frau Vogel, mon professeur… Les filles de ma classe, aussi, et bien sûr cette part infime de moi-même qui grandissait chaque jour…

Le prélude de Rachmaninov touchait à sa fin. Ça allait être à moi, maintenant.

Herr Haas me présenta à l'assistance. En avançant sur l'estrade, je sentis les battements de mon cœur résonner dans mes tempes. « Oublie les gens, pensai-je, et concentre-toi uniquement sur le sourire de l'ange, ça ira mieux... »

Je devais commencer par Scarlatti. Sitôt que je posai les doigts sur le clavier, un miracle se produisit : quelque chose, jusqu'alors dissimulé au plus profond de moi-même, se libéra, et joua, bien mieux que ce que j'aurais jamais pu faire, moi. La musique se déployait, emplissant la salle du plafond aux derniers rangs du public, avec une ardeur et une jubilation toutes nouvelles. Les notes s'envolaient, aussi ténues que le souffle d'un oiseau, ou se détachaient au contraire avec l'éclat vif d'une étoile dans un ciel d'hiver.

Johann m'avait dit que ce phénomène lui arrivait, parfois, quand il donnait un concert. Il racontait qu'il se sentait alors possédé par une mystérieuse force intérieure, qui prenait le contrôle de son corps tout entier pour donner à la musique sa véritable dimension. « Tu te mets au piano, comme d'habitude, décrivait-il et puis soudain, bizarrement, c'est comme si tu te détachais de toi-même, et que tu t'écoutais jouer, complètement émerveillé par les sons que tu produis. C'est magique, on dirait. »

Aujourd'hui, seulement, je comprenais ce qu'il avait voulu m'expliquer.

À la fin de la sonate, tout le monde applaudit très fort. J'entendais des grands «Aah!» et des «Bravo!» de part et d'autre.

Tiens, c'est drôle, constatai-je, eux aussi ont trouvé ça beau. Ils ont aimé! Au fait, pourquoi j'avais peur du public, déjà ?

Encouragée par leur manifestation de plaisir, je décidai de ne plus adresser Mendelssohn à l'ange exclusivement, mais à tous ceux qui étaient assis devant moi.

Pendant le morceau, la Nina de tous les jours avait de nouveau des pensées d'une banalité à toute épreuve. «Tiens, au fond, ils devraient penser à changer le rideau, sinon il va bientôt se déchirer...» Ou bien encore : «Au fait, je pourrais demander à Frau Vogel de me préparer une forêt noire, la semaine prochaine, pour mon goûter... » Tandis que l'autre Nina, si étrangère et pourtant très proche, percevait la tonalité de chaque note, et donnait à chaque mouvement son accent exact, respectant parfaitement les silences et le rythme pour laisser respirer la musique.

Je plaquai le dernier accord : il plana quelques secondes, suspendu à l'écoute silencieuse du public, puis se dispersa dans la salle comme une poussière d'or. Un tonnerre d'applaudissements retentit. Je me levai et me dirigeai vers le milieu de l'estrade, face aux visages radieux des spectateurs, pour leur adresser une petite révérence.

Je retournai m'asseoir, ivre de bonheur. Une image me traversa l'esprit : je me souvenais de la couronne impériale que j'avais vue un jour au palais de Hofburg, du temps où Johann était encore vivant. Elle était protégée dans un présentoir de verre, afin que tous les visiteurs puissent l'admirer sans la toucher. Le souvenir de mon premier récital resterait toujours intact, comme cette couronne, à l'abri dans la vitrine de ma mémoire, quels que soient les malheurs que je pourrais traverser dans ma vie. Personne ne pourrait jamais me l'ôter, ni même risquer de l'enlaidir.

Mais déjà, un autre pianiste m'avait succédé. C'était le jeune homme dégingandé qui m'avait parlé, tout à l'heure – une éternité ! Il semblait doué, mais l'œuvre qu'il interpréta me cassa les oreilles. Aucune mélodie ; mais plutôt une succession d'accords fracassants, de silences dramatiques entrecoupés de notes furieuses en cascade. Quelle horreur ! En plus, on aurait juré que ça durait des heures. Dans les rangs du fond, un murmure se leva. Je crus que les gens s'ennuyaient, comme moi ; mais le murmure continua bien après la fin du morceau. Il s'amplifia même, au fur et à mesure que passaient les autres enfants. Dans la confusion de paroles, je distinguai parfois les mots «nazis» ou «plébiscite». Encore de la politique! Les adultes ne pouvaient donc pas parler d'autre chose ? J'avais envie de me lever brusquement, pour leur demander de se taire. Sur scène, un garçon nommé Hans s'efforçait de nous faire entendre *La petite musique de nuit* de Mozart, que j'adorais. Le pauvre, il le jouait bien, mais plus personne ne semblait l'écouter maintenant. J'avais de la peine pour lui et j'étais très énervée.

Le professeur Haas se leva et abrégea les remerciements. Ses yeux étaient constamment tournés vers la porte pendant qu'il parlait ; et, à mon grand étonnement, il termina son discours par ces paroles étranges :

— Que Dieu bénisse et protège les habitants de ce pays! Lui seul sait ce qui se prépare…

Dans l'assistance, les gens tentaient déjà de se ruer vers la porte de sortie. Personne ne prononça de compliments ; tout le monde n'avait que les noms de Hitler et de Schuschnigg à la bouche. Les adultes parlaient d'un certain communiqué qui avait été fait à la radio...

Herr Hummel se précipita vers moi, mon manteau dans les bras.

— Tu as très bien joué, Nina. Bravo! Maintenant, enfile ça, vite! Nous devons rentrer à la maison!

— Mais... qu'est-ce qui se passe ? Et où est Mutti ?

— Elle n'est pas là. Elle n'a pas pu...

Elle n'était donc pas venue.

Mutti... Pourquoi ?

Les yeux embués, j'attendais qu'il m'explique. Autour de moi, les gens se pressaient pour sortir, me bousculant au passage.

— Ce n'est pas sa faute, affirma Herr Hummel d'une voix qui se voulait douce. Frau Vogel a téléphoné ; elle a laissé un message à la secrétaire de Lothar pour nous prévenir. Il paraît que Schuschnigg a annulé le plébiscite. Les nazis se sont rassemblés dans le centre de Vienne et ont provoqué des émeutes partout en ville! Ta mère n'a pas pu se rendre à l'Académie, les voies de circulation étaient bouchées. Heureusement, elle a réussi à quitter à toute vitesse la boutique. Elle est maintenant chez Frau Vogel, saine et sauve.

Schuschnigg ? Des émeutes ? Saine et sauve ? Qu'est-ce que c'était que cette histoire ? Si Mutti avait tenu à venir, elle aurait très bien pu s'arranger, oui ! La boutique de Herr Rosenwald ne se situait pas très loin d'ici. Il lui aurait suffi de prendre le tramway qui longe le Ring et…

Le professeur Haas accourut vers nous.

— Je vais vous emmener chez toi en voiture, Wilhem. En bas, les gens disent qu'il ne fait pas bon traîner dans la rue, en ce moment.

Une voiture ! Je n'avais jamais eu l'occasion de circuler en voiture. L'idée m'enchantait. Mais en attendant dans le hall de l'Académie, je me rappelais qu'à cette heure, normalement, Herr Hummel, Mutti et moi aurions dû nous retrouver à une table somptueuse de l'hôtel Sacher, pour fêter mon succès… Pourquoi fallait-il que les nazis interviennent pour gâcher ce grand jour ?

— J'ai entendu que l'émeute la plus grave s'est produite autour de Karlsplatz, nous apprit Herr Haas en ouvrant la portière de sa voiture.

— Nous allons éviter ce carrefour et contourner le parc… En passant par le sud, si nous nous dépêchons, on devrait pouvoir y arriver…

Mais, alors que nous descendions la Lotheringerstrasse, je vis les nazis. Ils étaient des milliers et avaient entièrement envahi la chaussée. Au travers des vitres, je pouvais encore entendre leurs cris de haine. « *Sieg Heil ! Heil Hitler !* »

Je comprenais mieux, maintenant, pourquoi Mutti n'avait pas pu se rendre au concert.

Et j'étais bien contente d'être à l'abri dans la voiture du professeur Haas. Herr Hummel avait passé son bras autour de mes épaules, comme pour me protéger. Mais la peur me serrait la gorge. Que se passait-il ? Pourquoi les nazis avaient-ils provoqué des émeutes ? J'aurais aimé qu'on m'explique. Mais les deux passagers du véhicule avaient les mâchoires serrées et le regard vif, comme s'ils se tenaient en alerte. Je n'osai pas poser de questions.

Le trajet dura longtemps. Pour atteindre la Stumpergasse, il nous fallut errer dans un labyrinthe de ruelles, pour ne pas emprunter les grands boulevards. Lorsque nous arrivâmes enfin devant l'immeuble de Herr Hummel, je remerciai Herr Haas et me précipitai dans le hall.

À ma grande surprise, je vis Frau Vogel sortir de l'appartement de mon professeur, sur le palier. En m'apercevant, elle poussa un profond soupir de soulagement.

— Nina, Dieu soit loué, te voilà ! Ta mère est là, aussi. Je l'ai croisée en bas, complètement affolée. Comme elle ne pouvait pas monter, le concierge nous a laissées entrer…

Quoi ? Pas le temps d'écouter tous les détails… Je me ruai à l'intérieur, suivie de peu de Frau Vogel. Dans le salon, Mutti était assise sur le canapé, les cheveux défaits et un pied posé sur la petite desserte de verre. Elle avait la cheville bandée et un gros pansement sur le front. Mais c'est son visage qui m'effraya le plus : elle n'avait plus le teint seulement blafard. Elle était carrément livide. En état de choc. Ses yeux tremblaient sous ses paupières, comme si elle voyait encore devant elle des images de ce qu'elle avait vécu quelques minutes plus tôt.

— Nina, ma chérie !

Elle fit un effort pour se lever.

— J'ai essayé de venir, je te jure…

— Je sais, Mutti. J'ai vu les nazis dans la rue…

Je me jetai dans ses bras. Herr Hummel était entré derrière moi et s'était assis à côté de nous sur le canapé.

— Frau Radky, racontez-nous ce qui s'est passé...

D'une voix blanche, elle commença son récit :

— Je pensais que je pourrais venir... Les Rosenwald étaient partis chez des amis à eux, à la campagne, pour le week-end. Les autres couturières étaient rentrées chez elles en début d'après-midi... J'étais seule à l'atelier, quand j'ai vu les nazis descendre la rue, par centaines... Ils distribuaient des coups de matraque aux policiers, brisaient les devantures des magasins... J'ai bêtement cru que s'ils voyaient que j'étais seule, puisque les Rosenwald étaient partis... ils ne me feraient pas de mal... Alors, je suis montée à l'étage, au bureau, et j'ai ouvert la fenêtre qui donne sur la rue... Je me suis penchée et j'ai crié : « C'est moi, Frau Radky ! Il n'y a personne ici, passez votre chemin ! »

Elle fut secouée d'un violent spasme nerveux et reprit :

— Frau Waldmann était avec eux, dans la foule... Elle m'a aperçue et s'est mise à hurler : « Là-haut ! Frau Radky ! Vendue ! Elle est pire que les Juifs, puisqu'elle travaille pour eux ! Sale putain ! » Frau Waldmann, vous vous rendez compte ! Le mois dernier, je lui ai encore cousu une robe ! Et là, j'ai entendu un homme donner l'ordre de brûler la boutique. Il y avait de plus en plus de nazis, juste devant la porte, et ils aboyaient des insultes à mon égard… Que j'avais trahi mon pays, que j'étais une misérable vermine… Ils avaient des torches… J'ai voulu m'enfuir par la porte de derrière ; et en dévalant l'escalier, je me suis tordu la cheville, mais je ne pouvais pas m'arrêter, alors j'ai couru, malgré la douleur… J'ai couru jusqu'à la maison… J'aurais voulu aller à l'Académie, Nina, mais toutes les issues étaient fermées… Je n'ai pas pu…

Elle pleurait, maintenant.

— Ce n'est rien, Mutti. Ne t'inquiète pas !

Herr Hummel se leva et alla chercher une couverture dans sa chambre, pour recouvrir les épaules de Mutti. Mais elle ne pouvait pas s'arrêter de trembler, et les mots se bousculaient sur ses lèvres.

— Vous ne pouvez pas savoir ce que j'ai vu ! Des choses atroces, inimaginables… Herr von Prettin… Il… Il battait un vieil homme, je crois que c'était Herr Bergen, ce vieux Juif qui tient la bijouterie, à l'angle de la rue… Il était tombé, le front par terre, et Herr von Prettin continuait à le rouer de coups… Ilse et Elisabeth se tenaient derrière lui… Elles avaient l'air horrifiées. Ilse m'a dit que Joseph terrorisait sa fille.

Je me représentai le visage cruel de Herr von Prettin, les traits durcis par la violence. Pauvre Elisabeth ! Une seconde après, je secouai la tête : le monde devait vraiment être sens dessus dessous, si j'éprouvais de la pitié pour cette fille sans cœur !

— Essayez de vous reposer, murmurait Herr Hummel. Je vais nous préparer quelque chose à manger.

Il me lança un clin d'œil puis ajouta :

— Évidemment, je ne vous promets pas la lune. Ce ne sera sûrement pas aussi bon qu'à l'hôtel Sacher ; mais je vais faire de mon mieux.

— L'hôtel Sacher ? demanda Mutti, d'une petite voix.

— Oui, j'avais promis de vous emmener toutes les deux dîner là-bas, après le récital. Souvenez-vous ! Pour fêter le succès de Nina ! Bon, ce n'est que partie remise, bien sûr ! Parce que c'était un véritable succès : votre fille a joué à merveille. Vous auriez été fière d'elle.

— Fière d'elle ? Mais je le suis tous les jours !

Elle avait l'air de chercher ses mots :

— Nina, j'ai réfléchi à ce que tu m'as dit ce matin, soupira-t-elle. Tu crois vraiment qu'il n'y a pas de place pour deux enfants dans mon cœur ?

— Non, Mutti. J'ai dit ça parce que j'avais de la peine... Mais nous en reparlerons plus tard, maintenant il faut que tu te reposes.

— Oui, d'ailleurs, Nina, tu vas venir m'aider à préparer le repas. Comme ça, ta maman pourra retrouver son calme.

Je lui emboîtai aussitôt le pas. Dans la cuisine, je repensai à Erika : ça me faisait toujours aussi drôle de réaliser que nous étions là, toutes les deux, quelques mois plus tôt, dans cette même pièce. On faisait les folles, on s'empiffrait de gâteaux, on pouffait de rire toutes les trente secondes... Soudain, je me mis à envier Erika, qui se promenait en sécurité dans les rues de New York, avec Rosemary. Son seul souci était maintenant de savoir à quelle heure passait la prochaine séance de *Blanche-Neige* ou d'un autre film...

Frau Vogel avait fait chauffer un café : j'en versai dans les tasses, ajoutai à chacune une bonne cuillerée de sucre et installai le tout sur un plateau. Puis je beurrai les tranches de pain que Herr Hummel me tendait.

Frau Vogel avait augmenté le volume de la radio dans le salon. Elle diffusait une valse quand je posai le plateau sur la table. Frau Vogel attrapa une tasse ; ses mains étaient secouées de spasmes nerveux. Je me mis aussitôt à trembler comme une feuille. La voir affolée, elle d'habitude si tranquille, m'effrayait plus que tout.

Herr Hummel avait peur, lui aussi. Il essayait de ne pas le montrer, mais je le lisais dans ses yeux.

— On aurait dû se douter que Hitler ne laisserait jamais Schuschnigg organiser un plébiscite, soupirait-il en secouant la tête. Il devinait que les nazis n'auraient pas une seule chance de remporter la victoire, il a menacé d'entrer en guerre contre l'Autriche, si les élections n'étaient pas annulées…

Soudain, la musique s'arrêta. Nos visages se tournèrent vers le poste. La voix de Schuschnigg se fit entendre sur les ondes, traînante et lasse :

— Citoyens, Citoyennes ! Ici votre chancelier qui vous parle. L'heure est grave ! Nous sommes aujourd'hui obligés de faire face à une situation des plus tragiques…

Herr Hummel avait vu juste. Le chef du gouvernement allemand avait adressé un ultimatum à l'Autriche : si Schuschnigg refusait de se rendre, et s'il s'opposait à ce qu'un représentant du parti nazi nous gouverne, Hitler dépêcherait des troupes armées sur Vienne, pour tuer tous ceux qui auraient le malheur de se trouver sur leur passage.

Hitler avait gagné. Schuschnigg se rendait. Les nazis avaient renversé le pouvoir. Ils dirigeaient maintenant le pays. « Nous nous soumettons à la force brutale, expliquait Schuschnigg, pour éviter que le sang ne coule dans nos villes et nos campagnes. Aussi, je salue aujourd'hui le peuple autrichien et lui adresse ces mots qui me viennent du fond du cœur : que Dieu protège l'Autriche ! »

La radio diffusa notre hymne national. Le disque grésillait et sautait parfois, mais la gravité du moment soulignait la grande force symbolique de cet air.

Les mots d'Elisabeth, en classe de musique, me revinrent en mémoire. Si la mélodie de l'hymne national allemand était la même que le nôtre, les paroles, par contre, étaient radicalement différentes. *Deutschland, Deutschland über alles !* proclamait le leur.

« Allemagne, Allemagne, par-dessus tout ! » Je me souvins aussi de ce que Herr Hummel m'avait confié, il y a déjà une éternité. Il n'y a pas de pire cauchemar que de vivre sous un régime nazi.

Mutti sanglotait, en étouffant ses larmes dans son mouchoir. Frau Vogel tremblait. Au-dessus de leurs têtes, les ailes du petit ange scintillaient dans la lumière tamisée de l'ampoule.

Chapitre 11

Après le repas, Herr Hummel nous raccompagna à la maison, soutenant Mutti qui avait du mal à marcher.

Des camions allemands de parade remontaient Mariahilferstrasse ; à leur bord, des nazis, ivres de pouvoir, affichaient d'inquiétants rictus sur leurs lèvres. Certains passaient la tête par les fenêtres, beuglant à toute force des chansons aux paroles sanglantes. Ils s'esclaffaient, jurant de voir pourrir les corps de leurs ennemis, et hurlaient « À mort les Juifs ! » ou *« Heil, Hitler ! »* en guise de refrain.

Le cortège des camions se poursuivit jusqu'au milieu de la nuit. Postés à Vienne, les nazis n'avaient jamais fait qu'attendre l'abdication de Schuschnigg, pensai-je. Telles des fourmis dévorant une miette de pain, ils circulaient en masses grouillantes dans la ville, désormais entre leurs mains.

Herr Hummel aida Mutti à grimper les escaliers et nous raccompagna jusqu'à la porte de notre appartement.

— Ne sortez pas de chez vous, et gardez les portes bien closes, nous conseilla-t-il. On ne sait jamais !

Une sinistre pensée me traversa l'esprit : et si Herr Hummel décidait de quitter l'Autriche pendant la nuit, sans prévenir personne ? Après tout, il avait déjà fui Munich, un soir de janvier, pour échapper aux nazis…

Je me jetai dans ses bras :

— Soyez prudent, vous aussi !

Surpris, il laissa échapper un petit rire et me caressa les cheveux.

— Ne t'inquiète pas, Nina. Viens chez moi, demain : nous pourrons parler tranquillement de ton récital. Je sais que tu en crèves d'envie ! Mais essaie de venir en début d'après-midi. Il faut que je retourne voir Lothar, vers quatre heures, à l'Académie. Il veut me faire écouter un nouveau morceau de sa composition… Et ce ne sont pas les nazis qui m'en empêcheront ! La musique avant tout !

Je hochai la tête, rassurée.

Sitôt qu'il fut parti, j'aidai Mutti à se mettre au lit. Puis j'enfilai ma chemise de nuit, ôtai la pince dorée que j'avais toujours dans les cheveux et leur donnai un coup de brosse. J'accrochai ma nouvelle robe sur son cintre et rangeai soigneusement le jabot de dentelle dans ma commode. Dire qu'il y a seulement six heures je me préparais pour partir ! Il me semblait qu'une éternité avait passé.

Dans le salon, j'allumai la radio et cherchai la station viennoise, souhaitant avoir de plus fraîches nouvelles de la situation. Au moment où nous quittions l'appartement de mon professeur, la radio diffusait la *Symphonie inachevée* de Schubert. Maintenant, la mélodie romantique avait cédé la place aux accents pompeux d'une marche allemande.

Lorsque la musique prit fin, j'entendis un nouveau communiqué. Cette fois, c'était Herr Seyss-Inquart, l'homme que Hitler avait mis à la tête de l'Autriche, qui s'adressait au peuple : « Citoyens ! Toute résistance à l'armée allemande sera vaine ! Rejoignez nos rangs, pour conduire avec nous le pays vers un avenir meilleur ! »

Un journaliste annonça ensuite que le gouvernement en place avait décidé de fermer les portes de tous les établissements scolaires jusqu'au mardi suivant. Je tordis le nez : en temps normal, une telle nouvelle m'aurait enchantée. Mais là, précisément, j'avais hâte de retourner à l'école pour raconter aux autres mon récital. Et puis, j'avais promis à Lore de l'emmener demain visiter l'Académie ! Quelle plaie !

J'éteignis la radio et me glissai dans mon lit, lovée sous l'édredon pour ne pas être gênée par les cris et les coups de klaxon des nazis dans les rues. Je repensai au concert, fixant chaque détail de ce précieux moment dans ma mémoire, comme on serre sur son cœur une vieille peluche, juste avant de plonger dans le sommeil.

Le lendemain matin, en tirant les rideaux du salon, je constatai que des centaines de drapeaux nazis avaient fait leur apparition sur les façades des immeubles voisins. Partout, ils flottaient au vent, attachés aux balustrades des balcons ou pendus aux fenêtres. Des croix gammées avaient été cousues ou peintes à la bombe sur les couleurs des drapeaux autrichiens. Sous les bannières, certaines personnes avaient même installé d'immenses portraits de Hitler, parés de grandes gerbes de fleurs. Comme si Hitler était un saint !

Mutti entra dans la cuisine pendant que je préparais le café. Elle boitait encore, mais elle avait perdu ce regard exorbité qu'elle avait encore hier en se couchant, comme si le souvenir des torches nazies lui avait brûlé à jamais la rétine. Ses yeux avaient retrouvé leur éclat habituel. Elle semblait seulement épuisée.

— J'avais espéré en me levant que tout cela n'était qu'un mauvais rêve ! soupira-t-elle en contemplant à son tour les drapeaux qui avaient éclos sur les balcons.

Elle prit place à table.

— Merci d'avoir préparé le petit déjeuner, ma chérie. Je crois qu'il y a une vieille canne, au grenier… Tu voudras bien avoir la gentillesse d'aller me la chercher, là-haut ?

— Bien sûr ! répondis-je en versant le café dans sa tasse.

Puis je filai au grenier.

Les malles n'avaient pas bougé, attendant que je revienne trier les partitions. Je pourrais peut-être terminer enfin lundi, puisque l'école serait fermée. Derrière les appareils orthopédiques de Johann, je dénichai facilement la canne. Je donnai un coup de chiffon sur le bois et la rapportai à Mutti.

— C'est bon, lui dis-je en riant. Je crois bien qu'il n'y a plus une seule toile d'araignée dans le grenier ! Je les ai toutes ramassées dans mes cheveux !

— Merci !

Mutti saisit la canne dans ses mains et la retourna dans tous les sens, comme si elle la voyait pour la première fois. Puis, d'un ton las, elle murmura, presque pour elle-même : « Elle servait à Johann, dans le temps... »

Je posai le petit pot de crème sur la table et m'assis près d'elle.

— Nina, il faut que je te parle.

Elle se racla la gorge. Je versai un peu de crème dans mon café, et observai en silence les volutes blanches qui se diluaient en s'élargissant lentement dans le liquide brûlant.

— Tu te souviens que Johann souffrait parfois tellement qu'il ne pouvait même pas s'asseoir au piano pour travailler, parce qu'il ne pouvait plus appuyer sur les pédales avec sa jambe endolorie. Tant qu'il étudiait à l'Académie, ça allait : les professeurs se montraient toujours très compréhensifs. Ils ont chaque fois accepté de ménager pour lui d'autres dates d'examens et même de décaler les récitals, quand il était malade. Mais, sitôt qu'il a commencé à leur parler de sa future carrière, ils lui ont dit de ne pas se faire trop d'illusions… Johann a dû se rendre à l'évidence…

Elle lâcha un profond soupir. Une fatigue incommensurable courbait ses frêles épaules.

— Il savait qu'il ne pourrait jamais aller bien loin. Les voyages étaient devenus pour lui un calvaire, à la fin. Il n'aurait jamais pu partir en tournée… Et il ne pouvait même pas postuler pour des enregistrements. Bientôt les agents auraient naturellement cessé de lui proposer du travail, puisqu'il était constamment malade ! Son talent ne faisait rien à l'affaire…

— Mais il aurait pu enseigner !

Mutti secoua la tête.

— Oui, bien sûr. À domicile, peut-être… Quelle école accepterait de confier des cours à un musicien qui n'aurait jamais fait ses preuves ? Son expérience de la scène se limitait à tous les concerts privés de l'Académie ! Bref, il n'aurait jamais pu vivre de son art. Je lui ai pourtant répété des milliers de fois qu'il pouvait très bien continuer de vivre à la maison, mais il tenait à son indépendance… Comme n'importe quel jeune homme, je suppose. C'était tout à son honneur ! Les derniers jours, à l'hôpital, il a tenté de me consoler en me disant que ça lui était égal de mourir, puisqu'il n'avait pas d'avenir dans la musique… Il jurait que le piano était sa seule raison de vivre ! Alors, il préférait tirer sa révérence – ce sont ses propres mots – plutôt que d'avoir à exercer un autre métier…

Mutti planta ses yeux délavés dans les miens.

— C'est pourquoi je ne supportais pas de t'entendre jouer… Tout semble si facile, pour toi ! Tandis que Johann… Le moindre geste lui était devenu une torture ! Mais le plus dur, pour lui, était d'admettre que son combat était perdu d'avance.

— Je comprends, mais… Que veux-tu que j'y fasse ? Abandonner la musique, par respect pour sa mémoire ? Je ne PEUX pas ! Et d'ailleurs Johann n'aurait jamais souhaité une chose pareille.

— Non, non, bien sûr que non ! s'exclama-t-elle en sortant un mouchoir de la poche de sa robe de chambre.

Elle se moucha et reprit :

— J'en viens à ce que je voulais te dire, au début. Hier, quand tu es partie pour l'école, j'ai réalisé que tu avais eu un handicap, toi aussi, en quelque sorte. Tu n'avais personne pour te soutenir... Et comme Johann, tu as tenu tête, tu as lutté. Tu t'es arrangée pour dénicher des leçons dans mon dos, pour trouver un bon professeur. Tu as répété chaque fois que tu le pouvais, quand j'étais de sortie. Et tu as même donné ton premier récital toute seule !

— Mais je n'étais pas seule... Herr Hummel était là pour me soutenir, lui !

— Oui, enfin, ce que je veux dire, c'est que tu comptais sur ma présence, et que je n'étais pas là. Tu avais raison, tu sais, quand tu as dit que Frau Vogel et ton professeur avaient été de véritables parents pour toi... Pas comme moi...

Le souffle court, elle essuya ses larmes dans son mouchoir.

— Hier, poursuivit-elle après quelques hoquets, je me suis sentie très fière de toi. De ton engagement vis-à-vis de la musique... De ta ténacité... Tu as tenu bon, envers et contre tout... J'ai compris que tu avais une grande force intérieure ! Et aussi que... si je ne changeais pas très vite de comportement, je risquais de te perdre tout à fait. Comme Johann, finalement... Et je ne tiens surtout pas à ce que ça arrive !

Elle tendit la main pour me caresser le front et rabattre une mèche de mes cheveux derrière mon oreille. Je me rapprochai pour l'embrasser et me glisser dans ses bras.

— Moi non plus, tu sais, je ne veux pas te perdre…

La sonnerie du téléphone retentit, nous faisant sursauter toutes les deux. Je courus décrocher le combiné.

C'était Frau Rothmann, une couturière de l'atelier. En appui sur sa canne, Mutti se dépêcha tant bien que mal de traverser le salon pour répondre à sa collègue.

— Avez-vous des nouvelles ? Ah ! Dieu soit loué ! Oui, je sais, c'est horrible, mais au moins ils sont encore en vie !

Après avoir raccroché, elle m'apprit que les Rosenwald, en prenant connaissance des événements, avaient décidé de ne pas rentrer à Vienne. Leurs amis les avaient conduits à la frontière hongroise.

— Ils sont sains et saufs, mais ils n'ont plus rien, les pauvres ! Ils n'ont pas pu venir chercher leurs économies, ni même leurs affaires. Il paraît qu'on arrête tous les Juifs aux frontières et qu'on leur prend tous leurs biens… Tu te rends compte ? Ils ont passé leur vie dans cette boutique ! Ils ont fidélisé jour après jour une clientèle qui reconnaissait leur savoir-faire... Et du jour au lendemain... Plus rien ! Tout ce qu'ils possèdent maintenant tient dans les deux valises qu'ils avaient emportées en quittant Vienne, pour leur petit voyage de fin de semaine !

Je ne les avais même pas remerciés pour le coupon de crêpe de soie, dans lequel Mutti avait taillé ma tenue de concert. Cette pensée me fit rougir de honte. Ce n'était peut-être pas très important, mais aujourd'hui cette idée me paraissait insoutenable. Si seulement je n'avais pas été si obsédée par mon récital !

— La boutique n'a pas été saccagée, finalement, continuait Mutti. Mais elle a été attribuée à un fidèle du parti nazi, en guise de récompense. Tu parles !

Elle donna soudain un grand coup de poing dans le mur. La violence de ce geste me surprit : elle paraissait si faible, il y a seulement une demi-heure ! Même le téléphone avait sursauté !

— Je ne travaillerai JAMAIS pour de tels monstres ! Pas après ce que j'ai vu hier ! C'est décidé, je n'y retourne pas, demain. D'ailleurs je suis bien persuadée que les autres couturières n'y remettront pas non plus les pieds !

Je restai bouche bée.

— Mais comment vas-tu faire ? Pour l'argent ?

Mutti hésita, un instant silencieuse. Puis, elle déclara, avec une énergie que je ne lui connaissais pas :

— Je dessinerai les modèles à la maison. J'ai tout ce qu'il faut pour coudre, ici ! J'appellerai les clientes pour les prévenir. D'ailleurs ce sont elles qui me le demandent depuis longtemps ! Elles apprécient mon travail, je suis sûre que ça pourrait marcher !

— C'est une excellente idée ! m'écriai-je.

Elle réfléchissait à toute vitesse. L'agitation se lisait dans ses yeux.

— Je pourrais réaménager l'ancienne chambre de Johann… Pour m'en faire un atelier… Tu crois qu'il m'en voudrait ?

— Non, je suis sûre qu'il trouverait comme moi cette idée formidable ! Il serait très fier de toi ! Mais, Mutti… Il faudra tout de même que je travaille mon piano…

— Je sais, ma chérie, répondit-elle en souriant. Tu sais, la musique me fera sans doute le plus grand bien ! Ne dit-on pas, d'ailleurs, qu'elle adoucit les mœurs ? Tiens, à ce propos, tu accepterais de me donner un petit concert privé ? Tu me jouerais les morceaux de ton récital, et tu pourrais même enfiler ta belle robe ! Comme ça je t'imaginerais sur scène, à l'Académie… On peut aussi inviter Frau Vogel, elle nous préparera l'un de ces délices dont elle a le secret, pour fêter ton succès !

— Volontiers, madame l'impératrice ! Comme ça, ce sera vraiment de la musique de chambre !

Frau Vogel passa nous rendre visite au déjeuner. Elle avait fait quelques courses et nous avait apporté du lait, du pain, ainsi qu'une casserole de soupe. Et un énorme gâteau aux prunes.

— Ce sera parfait, ce soir, pour notre petit récital maison ! déclarai-je en le rangeant sous une cloche de verre pour le conserver.

— Herr Müller est venu réparer mon Eulalie, soupira Frau Vogel. Mais la pauvre chérie est dans tous ses états ! Elle qui me passait de si belles musiques ! Maintenant, elle ne fait que cracher de vilaines marches tambourinantes, pour plaire au bon goût de Hitler. Il doit être sacrément bouché, pour adorer ça… Et les informations, c'est pareil ! Pfft, disparues ! Ah, par contre, ça, pour célébrer en beuglant la grandeur de l'Allemagne, ils savent y faire ! On dirait des veaux !

— Est-ce que les nazis ont provoqué d'autres émeutes ?

— Ils ont rassemblé tous les hommes juifs, jeunes et vieux, même malades, et ils les obligent à nettoyer les trottoirs et les murs de Vienne, pour effacer les slogans antinazis… Si j'avais su que je vieillirais pour voir ça ! C'est une honte : ils n'ont pas d'autres outils que leurs brosses à dents, les pauvres ! Et ils plongent à main nue dans des seaux d'acide ; ça leur brûle la peau, évidemment… Et les gens, tout autour, qui leur donnent des coups de pied et les couvrent d'insultes… Si c'est pas malheureux ! Des gens qui, hier encore, se montraient gentils envers eux ! Je vous le dis, moi : la ville entière est en proie à une sombre folie…

Le visage du vieux Herr Ornstein me revint en mémoire : ses grandes mains déformées par l'arthrite, autrefois requises pour soutirer de sublimes mélodies à son violoncelle, ces mêmes mains étaient-elles aujourd'hui contraintes à laver les trottoirs ?

Je cessai de verser de la soupe dans mon bol. Je n'avais plus vraiment faim, maintenant.

— Des milliers de Juifs et d'opposants au

régime nazi ont été arrêtés cette nuit, continuait Frau Vogel. Je l'ai appris ce matin sur le marché. Vous savez, leur force armée spéciale, la SchutzStaffel... Oui, les SS ! Eh bien, ils ont forcé les portes des maisons, à l'aube... Les gens étaient encore en pyjama... Ils les ont emmenés dans des camps de prisonniers !

Un frisson me parcourut l'échine. Comment de telles choses pouvaient-elles se produire, presque sous nos yeux ? Soudain, j'éprouvai le désir de parler avec Herr Hummel ; d'être assise sur son canapé, avec lui, sous le regard chaleureux du petit ange de céramique, dans la lumière tamisée du salon. De boire du chocolat chaud, et d'oublier toutes ces horreurs.

Le téléphone sonna. Cette fois, c'était pour moi. Lore !

— Alors, Nina, ce récital ?

— Formidable !

— Ah, je le savais ! J'ai hâte de connaître tous les détails, mais ma mère a besoin du téléphone. Elle ne veut pas me laisser sortir aujourd'hui, à cause de ce qui est arrivé à Käthe Neff, hier soir.

— Quoi ? Qu'est-ce que tu racontes ?

— Käthe a été agressée par des nazis, hier soir. Elle rentrait tranquillement de chez Hedi, et ils l'ont rouée de coups. C'est un voisin qui nous l'a dit. Il paraît que ces grosses brutes l'ont prise pour une Juive, avec ses cheveux et ses yeux noirs !

— Mais c'est absurde ! Elle est catholique !

— Elle le leur a répété des centaines de fois, mais ils ne l'ont pas crue ! Elle a des bleus partout et un œil au beurre noir, maintenant !

La pauvre Käthe, si fragile, si gentille ! Elle qui ne ferait jamais de mal à une mouche ! Après avoir raccroché, je restai quelques instants abasourdie, à contempler bêtement le téléphone. Je n'arrivais pas à le croire. Käthe, catholique jusqu'au bout des ongles, qui croyait si fort en Dieu qu'elle avait même pensé à entrer au couvent ! Et elle avait été sauvagement battue – uniquement à cause de la couleur de ses cheveux et de ses yeux…

— Nina, qui était-ce ?

— C'était pour moi, Mutti ! Une fille de l'école.

Je décidai de ne rien raconter à Mutti. Ni même à Frau Vogel. Elles seraient effrayées, et plus jamais je n'aurais le droit de me rendre seule chez Herr Hummel. D'ailleurs, quand je lui demandai la permission d'y aller cet après-midi, elle poussa un profond soupir.

— Oh, Nina, je n'aime pas trop te savoir seule dans les rues, et encore moins dans ces circonstances… Il y aura sûrement des nazis partout dans les rues, tout à l'heure, pour acclamer Hitler. Oui, j'ai entendu qu'il devait arriver ce soir à Vienne. Tu comprends bien que ce n'est pas le moment ! Une autre fois, peut-être ! Mais aujourd'hui, je n'aime mieux pas…

— S'il te plaît ! suppliai-je.

Il FALLAIT que je voie Herr Hummel. À tout prix.

— Elle peut venir avec moi, quand je rentrerai à la maison, proposa Frau Vogel. Je veillerai sur elle, Anneliese, ne t'inquiète pas.

— D'accord, accorda ma mère à contrecœur. Mais à une condition : que tu te fasses raccompagner, ce soir ! Par ton professeur, ou toi, Hilde, si tu viens écouter Nina jouer…

— C'est promis !

Hélas, Mutti se mit à parler de ses nouveaux projets à son amie. Avec emportement, elles commencèrent à étudier les différentes possibilités, imaginant comment réaménager l'ancienne chambre de Johann en atelier de couture. Dans le salon, je faisais les cent pas, pour essayer de contenir mon impatience. Herr Hummel m'avait recommandé de venir tôt, pour qu'il puisse ensuite se rendre au bureau du professeur Haas, à l'Académie…

Pour passer le temps, je décidai d'écrire une petite lettre à Erika ; elle apprendrait sûrement ce qui s'était passé à Vienne, et je voulais essayer de la rassurer. Tant bien que mal.

— Nina, j'y vais, ma chérie, annonça enfin Frau Vogel, après une heure mortelle.

— Soyez prudentes ! nous recommanda Mutti, en m'embrassant sur le front. Je vais m'étendre un peu, en attendant ton retour. Si je suis endormie quand tu rentres, réveille-moi ! Je ne voudrais pas rater le concert une deuxième fois !

Je me serrai dans ses bras et lui donnai un gros baiser.

— Je t'aime, Mutti !

— Moi aussi, je t'aime, Nina, répondit-elle en me caressant la joue.

Dehors, l'atmosphère avait sensiblement changé. Les passants semblaient avoir oublié les cris haineux de la veille. Il régnait maintenant une joie électrique. De Mariahilferstrasse nous parvenaient des rires et les coups répétés des marteaux qui fixaient de nouveaux drapeaux aux fenêtres. Toute la ville se préparait pour la visite de notre nouveau chef, notre Führer, Adolf Hitler.

— Nina, écoute-moi bien, murmura Frau Vogel. Si quelqu'un s'adresse à toi et te dit «*Heil Hitler!*», tu dois absolument répondre de la même façon. Entendu ? C'est comme ça qu'on doit saluer les gens, désormais. L'important, c'est de faire bonne figure. Dieu, lui, saura que tu ne penses pas un traître mot de ce que tu dis.

J'acquiesçai, en pensant à ce qui était arrivé à Käthe. Tout ce que je désirais, moi, c'était me rendre invisible aux yeux des nazis. Si j'en croisais un, je voulais bien marmonner «*Heil, Hitler!*», pour qu'il passe son chemin.

Frau Vogel monta directement chez elle. Je frappai trois fois à la porte de mon professeur. Pas de réponse.

Il était déjà parti ! J'en aurais pleuré. Maintenant, il me fallait encore patienter jusqu'à demain.

En soupirant, je fouillai dans mes poches, à la recherche de la clé qu'il m'avait prêtée. Je pouvais toujours entrer. Herr Hummel avait promis de me prêter un autre volume des *Romances sans paroles* de Mendelssohn. Je voulais déchiffrer un nouvel extrait pour ma prochaine leçon.

— Bonjour ! lançai-je doucement à l'ange. Pas besoin de crier « *Heil, Hitler !* » avec lui, au moins.

Je dénichai très vite la partition de l'opus 102, sur une étagère. Je savais que mon professeur ne verrait pas d'inconvénient à me la laisser pour quelques jours. Puis, je contemplai de nouveau le magnifique Bösendorfer.

« Pourquoi ne pas m'y asseoir ? pensai-je. Mutti fait la sieste, ce n'est pas la peine de la réveiller... Je peux très bien attendre le retour de Herr Hummel, et travailler ici, pendant ce temps-là... »

Je pris place au piano, installai devant moi la partition de Mendelssohn et commençai à jouer. La mélodie était d'une profonde tristesse, comme régie par une angoisse indéfinissable. Dès cet instant, je sus que je repenserais toujours à ce drôle d'après-midi, chaque fois que je jouerais ce morceau, à l'avenir. Cette musique s'accordait en effet très bien à cette attente inquiète dans laquelle je me trouvais aujourd'hui, dans le silence de cette pièce vide.

Je rejouai entièrement ce morceau, puis essayai le suivant, pour changer. Mais comme il était aussi sinistre que le premier, je décidai de passer au troisième cahier. Je découvris une composition pleine d'allant, légère et enlevée. En écoutant la cascade de petites notes, je me représentai qu'on ouvrait soudain la trappe d'une cage à souris. J'imaginai les minuscules touffes de poil gris s'éparpiller en un clin d'œil. Cette image m'amusait beaucoup.

Je recommençai. Cette fois, j'allais jouer prestissimo, pour les faire courir encore plus vite, ces petites souris. Personne ne pourrait les rattraper…

On frappa violemment à la porte. Je m'arrêtai, le cœur battant.

Qui était-ce ?

Les coups redoublèrent de violence.

Impossible que ce soit Frau Vogel : elle n'oserait jamais cogner à la porte de cette façon.

— J'arrive ! grognai-je en quittant à regret le piano.

C'était sûrement un voisin, qui essayait de dormir après les événements de la veille. Je l'avais peut-être dérangé dans sa sieste avec ma musique.

De mauvaise grâce, je soulevai le loquet et ouvris la porte.

— *Guten Abend, Fräulein !* déclara un policier viennois. Nous souhaiterions parler à votre professeur !

Derrière lui se tenaient un autre policier et deux hommes en uniforme militaire. Sur leur col, deux éclairs à l'éclat coupant de l'argent. Des SS !

Chapitre 12

— Nous cherchons un certain Herr Wilhem Hummel, poursuivit le premier policier, d'une voix mielleuse. Il habite bien à cette adresse ?

J'acquiesçai, figée par la peur.

Sans que je les y invite, les quatre hommes se frayèrent un passage dans le couloir. Je ne voyais plus que leurs vestes raidies par l'amidon, leurs bottes de cuir noir reluisantes, les croix gammées sur leurs poitrines. Et leurs pistolets.

— Maintenant, Fräulein, vous allez nous aider à le trouver, n'est-ce pas ? déclara l'un des officiers SS.

Il portait une moustache blonde taillée comme celle de Hitler.

— Surtout, dites-lui bien que son ami Rudolf Beck souhaiterait vivement lui parler !

— Rudolf Beck ! m'écriai-je.

Les lèvres fines de l'officier se retroussèrent en un affreux rictus :

— Herr Beck est un fidèle nazi. Il a consacré des semaines entières à essayer de retrouver la piste de votre cher professeur, car il savait que nous tenions à avoir avec lui une petite discussion de la plus haute importance... Bon ! Vous allez coopérer et nous indiquer où il se cache !

— Mais... Il n'est plus là, bafouillai-je, reconnaissant à peine le filet étranglé de ma voix.

— Alors, où est-il ?

— Il est... Il a...

Si seulement quelqu'un pouvait m'aider, là ! Frau Vogel, Mutti, quelqu'un... Vite, une idée, je vous en supplie !

Soudain mon regard fut capté par une lueur dorée, près du plafond. L'ange !

Je ne sais pas pourquoi, je me sentis tout d'un coup rassurée. « Réfléchis, Nina ! pensai-je. Dans quel endroit, dans quel pays Herr Hummel irait-il, s'il cherchait à fuir ? »

— Il est parti à... à... Prague !

Je m'éclaircis la voix et repris d'un ton ferme :

— Il a quitté le pays la nuit dernière. Il m'a dit qu'il allait rejoindre des amis, là-bas... Et puis, il... il aime la cuisine tchèque !

Le second officier, aux cheveux plaqués vers l'arrière, prit à son tour la parole :

— Alors, qui êtes-vous, et que faites-vous ici, si ce cher Herr Hummel est parti pour Prague, comme vous le dites ?

J'eus un moment d'affolement. Et si je disais la vérité ? Ce serait tellement plus simple...

— Je m'appelle Anna Margareta Radky. J'étais l'élève de Herr Hummel. Il me prêtait son piano, parce que ma mère est souvent malade, et...

— Mais le concierge nous a affirmé qu'il n'avait laissé entrer personne, cet après-midi...

— Parce que mon professeur m'avait donné la clé de son appartement !

— Prouvez-le !

J'allai chercher mon manteau, tremblante comme une feuille, et fouillai dans les poches. Sitôt que j'eus trouvé la clé, le SS blond me l'arracha des mains, et se dirigea dans l'entrée, pour vérifier si j'avais dit vrai.

— Et comment savez-vous qu'il est parti à Prague ?

— Il est venu me voir chez moi, hier, avant de prendre son train. J'écoutais Seyss-Inquart à la radio... Ma mère était déjà couchée. Il n'avait qu'une seule valise sur lui ; il m'a dit qu'il se rendait chez des amis, à Prague, et qu'il serait de retour dans moins d'une semaine...

J'ignore pourquoi j'avais éprouvé le besoin de rajouter ce détail, mais il semblait beaucoup les amuser.

— Votre professeur ne reviendra pas, Fräulein, avait pouffé l'officier aux cheveux gominés. À moins d'être totalement fou... Ha ! ha !

L'un des deux policiers déclara :

— Le dernier train pour Brno est à vingt-trois heures trente, je crois... Puisque l'homme que vous cherchez n'est pas juif, il a pu passer la frontière très facilement, s'il avait un passeport allemand !

Les deux officiers restèrent un instant silencieux. Ils ne vont donc jamais partir, pensai-je, morte d'inquiétude à l'idée que mon professeur se décide à rentrer, maintenant...

Soudain, le second policier fit un pas en avant.

— Cette jeune fille essaie de protéger votre

homme ! Elle nous ment ! Fouillons l'appartement, proposa-t-il, les yeux brillants de haine. Qui sait ? Nous le trouverons peut-être dans un placard… Et s'il n'y est pas, nous prendrons tous les objets de valeur. Après tout, s'il a déjà quitté l'Autriche, tout ce qu'il a laissé est maintenant propriété de l'État !

Le SS blond approuva.

— Chacun une pièce ! Et vous, Fräulein, si vous ne voulez pas avoir d'ennuis, vous allez nous jouer quelque chose pendant ce temps !

— J… jouer ?

— Oui, du piano ! Vous devez bien connaître quelques airs, non ? Puisque vous étiez l'élève du grand Karl von Engelhardt !

— Quoi ? Mais non, bien sûr que non, j'étais celle de…, balbutiai-je, stupéfaite.

— Ha ! Ha ! explosa-t-il, méprisant. Vous ne le saviez donc pas ? Vous pensiez qu'il s'appelait vraiment Wilhem Hummel ! Je suppose qu'il ne vous avait pas expliqué, non plus, pourquoi il avait quitté précipitamment son pays, avant de s'installer ici… Ainsi, vous ignoriez qu'il avait aidé des artistes juifs à quitter l'Allemagne… Eh oui ! Il est impliqué dans un trafic de faux papiers, et il a également refusé d'enregistrer un programme de radio proposé par Herr Goebbels, notre ministre de la Propagande et de l'Information ! Votre professeur, Fräulein, est un dangereux révolutionnaire, un insoumis !

Peu à peu, à mesure que les pièces de ce mystérieux puzzle se mettaient en place dans ma tête, tout s'éclairait, désormais : je comprenais mieux pourquoi Herr Hummel avait toujours soigneusement évité de me parler de son passé... Pourquoi Herr Haas avait accepté de me laisser participer au récital de l'Académie, sans m'avoir entendue une seule fois... Simplement parce que j'étais l'élève de son ami... Et pourquoi Rudolf Beck, furieux d'avoir été rejeté, lui avait envoyé des SS...

Ainsi, Herr Hummel n'était qu'un nom d'emprunt ! Il n'était autre que le célèbre Karl von Engelhardt ! C'était donc ça, son fameux passé ! Cette découverte me donnait le vertige : le souffle court, je dus m'asseoir pour ne pas m'évanouir. Pourtant, depuis le début, j'avais deviné le secret de mon professeur, quelque part au fond de moi-même...

« Bon, secoue-toi, ma vieille ! pensai-je. Le principal, pour le moment, c'est d'arriver à te débarrasser d'eux ! »

— Alors, Fräulein, ce morceau ? Pourquoi ne

pas jouer celui que vous répétiez, quand nous avons frappé ? Il paraissait très frais, celui-là !

Je m'installai au piano et m'exécutai.

Derrière moi, l'officier blond avait commencé à fouiller le salon. Mais il ne se contentait pas de chercher : il renversait par terre les tiroirs, vidait d'un geste brusque les étagères de leur contenu, brisant tout ce qui pouvait l'être... Il déchira même sauvagement les coussins du vieux canapé.

Quel besoin avait-il d'agir ainsi ? Il ne lui avait rien fait, ce pauvre canapé ! Cette vision m'arracha le cœur : ce canapé, où Erika et moi avions inventé toutes sortes de jeux... Ces coussins, dans lesquels je m'enfonçais avec bonheur, en buvant du chocolat chaud avec Herr Hummel, après mes leçons...

Soudain, il se dirigea vers le vieux secrétaire.

Les schillings ! Le passeport !

Mon Dieu, pourvu qu'il ne mette pas la main dessus ! S'il lui venait l'idée de soulever le double fond du tiroir central, j'étais perdue. Il saurait que j'avais menti, que Herr Hummel n'avait pas quitté l'Autriche... Il me battrait sûrement, pour que je lui dise où se cachait maintenant mon professeur.

La panique s'empara de moi. Les lignes de

la partition s'embrouillèrent ; je n'arrivais plus à jouer correctement, tellement mon cœur battait. Le SS se retourna et me foudroya du regard. Une sueur froide commençait à glisser, lentement, sur mon front ; je baissai aussitôt la tête et tentai de me concentrer sur les petites souris éparpillées de Mendelssohn.

S'il vous plaît, Mon Dieu, faites qu'il ne soulève pas le double fond du tiroir ! Donnez-moi la force de tenir !

L'officier se remit à explorer le secrétaire. Il éventra les chemises cartonnées, jeta par terre les pots à crayons, déchira toutes les enveloppes. Puis, furieux de ne rien trouver, il donna un violent coup de pied dans le meuble.

Je sursautai.

Les quatre hommes se rassemblèrent dans le salon.

— Alors ?

— Rien, nulle part. Et vous ?

— Rien non plus ! Juste quelques misérables pièces de monnaie, dans sa chambre ! déclara l'un des policiers.

J'étais venue à bout du morceau. Pour ne pas me faire remarquer, je décidai de rejouer la première des *Romances sans paroles*. Dans ma tête, je continuai de prier Dieu que Herr Hummel ne rentre pas chez lui maintenant.

L'officier blond s'était approché de moi. Pitié... Pourvu qu'il ne me fasse aucun mal !

Il se tenait dans mon dos, légèrement penché par-dessus mon épaule, comme s'il s'intéressait à ce que je déchiffrais. Je tremblais, faisant des efforts surhumains pour dissimuler ma peur.

Soudain, d'un geste brusque, il s'empara de la partition.

Je laissai échapper un cri d'effroi.

Puis, affichant un sourire glacial, les yeux rivés sur moi, comme pour mieux jouir de ma frayeur, il se mit à déchirer les pages du cahier, une à une. Lentement, très lentement, sans détacher son regard de mon visage terrorisé. Enfin, quand il eut fini, il lança en l'air les mille petits bouts de papier, qui retombèrent en pluie fine tout autour du piano.

— Mendelssohn ! grogna-t-il, satisfait. Un Juif ! Vous n'avez plus le droit de jouer de la musique de Juifs, désormais ! J'espère, Fräulein, que vous vous en souviendrez, à l'avenir !

Je hochai la tête, tremblante et muette de peur. Mâchoires serrées, comme s'il était prêt à me frapper, il resta figé, à me regarder d'un air menaçant pendant quelques secondes, qui me parurent interminables. Puis, las de son petit jeu, il se retourna vers les autres :

— Ce salaud de von Engelhardt n'est pas là ! Eh bien ! Qu'il se bourre de saucisses tchèques, si ça lui chante ! Mais il ne perd rien pour attendre... Bon, pressons nous ! Il ne faut pas rater le début de la retraite aux flambeaux organisée pour notre Führer ! Allez !

Ils claquèrent la porte en sortant.

Parcourue de frissons, j'essayai de me rassurer.

— C'est fini, Nina, ils sont partis. Tout va bien, maintenant. Tu peux rentrer à la maison. Frau Vogel va te raccompagner.

Oui, mais... Si Herr Hummel rentrait de l'Académie, juste à cet instant, et qu'il tombait sur les SS ?

Quelqu'un devait absolument le prévenir qu'il était recherché.

Moi, en l'occurrence.

D'un bond, je quittai le piano.

Bon, réfléchis ! pensai-je en arpentant le salon. Herr Hummel allait sans doute devoir s'enfuir dès ce soir. Il ne pouvait pas revenir ici, c'était trop dangereux. De quoi aurait-il besoin, pour passer la frontière ? L'essentiel, uniquement : des vêtements, de l'argent, un passeport.

Pour les habits, je ne pouvais pas l'aider. Je ne saurais pas lesquels choisir, et, de toute façon, il fallait faire ça discrètement. Impossible de me balader dans les rues, avec une valise pleine de chemises et de pantalons d'homme... Ce serait trop louche...

Mais je pouvais toujours lui apporter son passeport et l'argent des leçons que j'avais économisé.

Je fermai les rideaux et soulevai à grand-peine le secrétaire qui gisait par terre. Je tirai doucement le tiroir, encore tremblante. Et si le passeport avait disparu ?

Heureusement, il y était encore, avec les schillings. Au fond, j'attrapai aussi l'enveloppe qu'avait gardée Herr Hummel. Je jetai un coup d'œil indiscret à l'intérieur.

Ça alors ! Je n'avais jamais vu autant de billets allemands !

Je gardai sur moi quelques pièces de monnaie, pour payer mon ticket de tramway jusqu'à l'Académie, et glissai mes économies dans l'enveloppe. Évidemment, c'était dérisoire, à côté de la somme qu'elle contenait, mais tant pis. Je tenais à ce qu'il ait cet argent. Ma petite participation à sa fuite.

La doublure de mon manteau était un peu déchirée, au niveau de la poche droite. Depuis des mois, je me répétais qu'il fallait le signaler à Mutti. Aujourd'hui, j'étais bien contente d'avoir oublié. L'endroit parfait pour dissimuler le passeport et les sous, et traverser la ville tranquillement. Enfin, à peu près.

J'élargis un peu la déchirure, jusqu'à pouvoir y glisser mon butin. Puis je replaçai délicatement le tiroir dans le meuble et refermai le rabat de bois sur le cadre. J'étais prête à partir.

Mais avant, je devais encore faire autre chose. Être obligée de laisser le piano me fendait déjà le cœur ; mais je ne laisserais pas les nazis s'en prendre au petit ange. Foi de Nina !

Doucement, je tirai sur les cordes auxquelles il était suspendu. Elles ne s'opposèrent pas à sa lente descente : bientôt il atteignit la paume de mes mains. En repliant délicatement les minuscules ailes de papier doré dans son dos, je repensai à ce que m'avait dit Herr Hummel, le premier jour : « Mon père l'avait offert à ma mère pour Noël, l'année de leur mariage... »

Un petit ange, un *Engel*, pour la nouvelle Frau von Engelhardt !

Je le rangeai soigneusement dans la seconde poche de mon manteau, celle qui n'était pas trouée. Évidemment, maintenant ça faisait un petit renflement, à gauche. Bah ! Les gens penseront que ce sont mes gants, pensai-je.

J'enfilai mon écharpe et mon bonnet, et partis sans me retourner.

La Stumpergasse ne m'avait jamais parue aussi longue. Il me semblait que toutes les croix gammées des drapeaux, attachés aux balustrades des immeubles, avaient deviné mon secret. Je baissai les épaules, inquiète, chaque fois que j'apercevais, découpée dans la pénombre des appartements, dans le cadre d'une fenêtre, l'expression cruelle et fanatique d'un portrait de Hitler. À gauche, à droite, il y en avait partout. Je craignais de le voir surgir soudain devant moi, en hurlant : « Tous ceux qui aident les ennemis de l'État à s'enfuir seront pendus, Fräulein ! »

Les transports publics avaient cessé de circuler dans la ville, hier, à cause des émeutes. Mon cœur battait à tout rompre, quand je m'arrêtai au coin de la rue pour attendre le tramway. Que faire, s'il n'en venait aucun ? Il y avait une bonne heure de marche jusqu'à l'Académie ;

Herr Hummel serait déjà sûrement parti, quand j'arriverais là-bas !

Enfin, à mon grand soulagement, un trolley rouge et blanc apparut au carrefour. Je grimpai à l'intérieur, et tendis au conducteur les sous pour le trajet. «*Heil, Hitler !*» me dit-il en me rendant mon ticket.

Je sentis une boule se serrer dans ma gorge. Si je voulais passer inaperçue, et arriver à temps pour donner à Herr Hummel ses papiers et ses économies, il fallait prétendre que j'étais une bonne petite nazie. Maintenant.

— *Heil, Hitler !* répondis-je avec un enthousiasme qui arracha au conducteur un petit sourire.

Il y avait très peu de monde dans le tramway. Je m'installai au milieu de la rame et, d'un air détaché, laissai mon regard divaguer sur les boulevards, au travers de la vitre.

Les rues de Vienne étaient envahies de drapeaux nazis. Des centaines d'affiches avaient été placardées partout sur les murs. ADOLF HITLER VOUS APPORTERA DU PAIN ET DU TRAVAIL ! ! ! *EIN VOLK, EIN REICH, EIN FÜHRER !* D'autres panneaux masquaient les devantures des boutiques qui avaient été saccagées pendant la nuit ; ils représentaient des caricatures de Juifs, avec les cheveux noirs et des nez crochus. Au-dessus, on pouvait lire ce slogan : LE SANG IMPUR VA COULER!

Le centre-ville était encerclé par les nazis. En arrivant à l'Opéra, le trolley s'arrêta, immobilisé par la foule qui avait gagné le Ring. Le conducteur poussa un juron. «*Sieg Heil! Sieg Heil!*» criaient les manifestants, qui défilaient, torches enflammées à bout de bras.

La rue était bloquée ; l'horloge de l'Opéra indiquait dix-huit heures trente. Déjà! Combien de temps Herr Hummel allait-il encore passer à l'Académie ? Dix minutes, une demi-heure ? Où aller, s'il n'y était plus ? Pourvu que les nazis ne lui tombent pas dessus, avant que j'aie eu le temps de le prévenir…

Rester assise bêtement sur ce siège ne mènerait à rien. Il fallait que je me décide à bouger.

Je descendis du tramway et tentai de me frayer un passage dans les rangs serrés de la procession. Ce n'était pas facile ; mais j'étais déterminée. Dans le fond de la doublure déchirée de mon manteau, je sentais à chaque pas le poids de l'enveloppe remplie de billets. Cette sensation me donnait du courage.

— Nina Radky, ça par exemple! s'exclama quelqu'un dans mon dos.

Je me retournai. Mon sang se figea quand j'aperçus derrière moi Frau von Prettin, accompagnée de son mari et de sa fille.

— Vous êtes venue toute seule suivre la retraite aux flambeaux ? s'étonna Herr von Prettin.

— Oui, répondis-je sans lui laisser le temps de douter de ma sincérité. Vous savez, Mutti s'est tordu la cheville, elle ne peut pas se déplacer. Mais elle n'aurait voulu pour rien au monde que je rate la manifestation ! Elle m'a dit que je m'en souviendrai toute ma vie.

— Il paraît que Herr Hitler ne sera pas là avant demain matin, ou lundi, ajouta Frau von Prettin. Mais la manifestation va tout de même continuer !

— Tu peux suivre la marche avec nous, si tu veux, Nina, proposa Elisabeth. N'est-ce pas, Vater ?

— Mais bien sûr !

— Merci, murmurai-je en me forçant à esquisser un sourire, mais je dois retrouver un ami !

— Nous allons t'accompagner, enchaîna Frau von Prettin. Ta mère ne me pardonnerait pas de t'avoir laissée seule dans cette foule.

— C'est très aimable à vous, mais… Euh…

« Vite, trouve quelque chose, ma vieille, sinon tu vas tout rater ! » Soudain, j'eus un éclair d'inspiration.

— C'est que... j'ai rendez-vous avec un garçon !

— Nina ! applaudit Elisabeth en secouant ses boucles blondes. Laisse-moi deviner. Tu vas voir... le frère de Hedi Witt, Konrad !

— Euh... Oui ! Mais c'est un secret, Elisabeth. Promets-moi de ne pas le répéter ! Excuse-moi, il faut vraiment que je me sauve, je vais être en retard...

Derrière moi éclata le rire sonore des von Prettin.

J'étais à bout de souffle en arrivant à l'Académie. Les cloches de la cathédrale Saint-Stephan et celles de toutes les autres églises de Vienne s'étaient mises à carillonner pour célébrer la grande union de l'Allemagne et de l'Autriche.

Je poussai la lourde porte d'entrée de l'école. À l'étage, j'entendais les pianos, les violons et les contrebasses des élèves qui s'entraînaient dans les salles. Sans égard pour celui qui gouvernait aujourd'hui le pays, les musiciens, toujours, travaillaient, comme leur art l'exigeait.

Je courus jusqu'au bureau du professeur

Haas. Difficile d'imaginer qu'il y a seulement vingt-quatre heures, droite comme un I dans ma nouvelle robe, j'étais là, croyant dur comme fer que rien au monde n'était plus important que mon récital !

Derrière une porte, je reconnus la mélodie d'une rhapsodie hongroise de Liszt. Les notes s'écoulaient en cascade, aussi pures que le cristal, qui décompose l'éclat lumineux du soleil en arc-en-ciel de couleurs. Des notes que seul Karl von Engelhardt était capable de jouer.

Je frappai trois petits coups et entrai.

— Nina ?

Je refermai la porte et me précipitai aussitôt dans ses bras, enfouissant mon visage dans la laine fatiguée de son vieux pull bleu.

— Ils sont venus vous chercher ! Rudolf Beck a envoyé les SS chez vous ! murmurai-je.

Je lui racontai en détail tout ce qui s'était passé, puis me dégageai de son étreinte rassurante pour fouiller dans la doublure déchirée de mon manteau.

— Tenez ! lui dis-je en lui tendant l'enveloppe, vous allez sûrement en avoir besoin ! C'est votre passeport et votre argent !

Pour la première fois, je vis Herr Hummel pâlir, et se mettre à trembler. Il est trop vieux pour un choc pareil, pensai-je. Aussi, au lieu de presser à nouveau ma tête sur son cœur, comme j'en mourais d'envie, je lui pris la main et l'aidai à regagner le petit fauteuil du professeur Haas.

— Asseyez-vous là, tranquillement. Ne vous inquiétez pas, ça va aller. Vous savez, les SS n'ont pas été très malins ! Ils ont cherché partout, même dans le secrétaire, mais ils n'ont pas pensé à soulever le double fond du tiroir, ces andouilles ! Je connaissais le truc, moi, parce que ce meuble appartenait aux parents de mon amie Erika, et qu'on jouait...

— Est-ce qu'ils t'ont fait du mal ?

— Qui ? Les SS ? Non, pourquoi ? Mais ils ont...

Je me mordis la langue. Est-ce que ça valait bien la peine de lui dire qu'ils avaient saccagé son appartement, puisqu'il n'allait probablement jamais y remettre les pieds ? Autant qu'il en garde un bon souvenir, intact.

— Mais ils m'ont appris qui vous étiez... Pourquoi ne m'avez-vous rien dit ?

Il réfléchit quelques instants, et me demanda, avec un petit sourire malicieux :

— Tu penses que tu aurais osé demander à

Karl von Engelhardt de te donner des leçons de piano ?

— Euh… Non, je ne crois pas !

— Je sais que tu n'aurais jamais osé. Tu étais déjà tellement nerveuse, en face du bon vieux Wilhem Hummel ! Il fallait absolument que je quitte le pays, et, sans changer de nom, c'était impossible ! Les nazis m'avaient à l'œil, parce que, entre autres crimes, j'avais aidé des Juifs à s'enfuir, avant que les événements ne se précipitent… Wilhem, c'est mon deuxième prénom, et Hummel était le nom de jeune fille de ma mère, alors… Des amis m'ont aidé à me procurer un passeport, avec cette identité, qui ne m'est pas si étrangère, finalement !

Il poussa un profond soupir.

— Le plus drôle, vois-tu, c'est que… dans le train pour Vienne, soudain, je me suis senti très heureux de ce nouveau nom. J'avais envie de me reposer, de passer mes vieux jours tranquillement, sans être constamment dérangé par la foule des admirateurs… Et surtout, sans être poursuivi par les nazis… Tu comprends ?

Je hochai la tête.

— Frau Vogel croyait que vous aviez vécu une histoire d'amour tragique…, lançai-je en essayant de rire. Mais le bruit qui sortit de ma bouche ressemblait plus à un hoquet.

Il sourit.

— J'espère qu'elle ne sera pas trop déçue !

Puis il se leva et, posant ses mains sur mes épaules, il planta son profond regard dans mes yeux.

— Nina, tu as risqué ta vie pour sauver la mienne. Je ne l'oublierai jamais !

Le rouge me vint aux joues. Aussi, pour faire diversion, je m'écriai :

— Suis-je bête ! J'allais oublier : je vous ai rapporté votre petit ange !

Je lui tendis la statuette aux ailes un peu froissées par les bousculades de la foule. Mais il repoussa ma main.

— Il sera plus en sécurité auprès de toi. Prends-en bien soin ! Tu peux l'accrocher au-dessus de ton piano ; comme ça, tu penseras à moi chaque fois que tu joueras, n'est-ce pas ?

Soudain, la porte d'entrée s'ouvrit. Nous sursautâmes. Je crus que mon cœur allait lâcher. C'était beaucoup trop d'émotions, pour moi, aujourd'hui ! Heureusement, ce n'était que Herr Haas, qui m'écouta, le visage grave, quand je lui racontai les derniers événements.

— Je vais te conduire en voiture à la frontière tchèque, déclara-t-il calmement. Ce sera plus sûr que le train.

Herr Hummel voulut protester, mais le professeur Haas leva la main et ajouta, d'un ton péremptoire :

— Non, non, pas de temps à perdre ! Nous devons partir immédiatement. En ce moment, c'est une chance, les nazis sont trop occupés, avec le comité d'accueil prévu pour la visite de Hitler… Ils ne feront pas vraiment attention, et le gouvernement n'a peut-être pas encore eu le temps de raidir les contrôles aux douanes… C'est maintenant ou jamais, Karl ! Bon, je vais chercher ma voiture. Tiens-toi prêt, je suis en bas dans dix minutes, devant l'entrée des artistes.

Herr Hummel acquiesça. La pâleur de son visage s'était accentuée.

— Très bien. Nous passerons par chez moi pour prendre quelques affaires. Tu auras besoin de vêtements !

Il me salua brièvement, d'un geste du menton, et sortit.

Dehors, le carillon avait repris. La sonorité profonde de la cloche la plus grave de la cathédrale Saint-Stephan m'oppressait. J'étais obligée de serrer très fort mes lèvres pour contenir mes larmes.

— Où irez-vous ? À Prague ?

— Oui. Tu as vu juste, quand tu as dit aux SS que j'étais parti là-bas. C'est le pays le plus proche, et j'ai des amis qui pourront m'aider…

Vous reverrai-je un jour ? mourais-je d'envie de lui demander. Mais je n'osai pas. J'avais peur de connaître la réponse.

Nous restâmes quelques instants assis, silencieux. Puis Herr Hummel se leva et s'essuya les yeux avec son mouchoir.

— Rudolf Beck avait raison, ma foi, quand il disait qu'il aurait un jour sa revanche !

Il poussa un profond soupir et reprit :

— Bon ! Nous devons trouver quelqu'un pour te raccompagner. Tiens, Kurt Stolz, oui ! C'est un élève de Lothar, je suis sûr qu'il le fera avec plaisir. Viens, je vais te présenter !

Je suivis Herr Hummel dans le couloir. Kurt Stolz était dans la salle d'étude ; il travaillait un morceau qui paraissait très difficile. Lorsqu'il se retourna, je faillis pouffer de rire. Le pauvre garçon avait un physique assez ingrat : de grande taille, avec de bonnes joues rondes, il portait sur son nez retroussé d'épais verres de correction. Ses petits yeux clairs et plissés lui donnaient un air bonhomme, un peu balourd. Si je croisais les von Prettin avec lui, ils penseraient que j'avais rendez-vous avec lui ! Cette idée m'amusait beaucoup. Au moins, ça m'empêcherait de pleurer !

J'aurais aimé avoir le temps de raconter à Herr Hummel l'idée saugrenue qui m'était venue, mais Kurt avait déjà rassemblé ses affaires et m'attendait patiemment sur le seuil de la porte.

Mon professeur me serra une dernière fois dans ses bras :

— Prends bien soin de toi, Nina ! Merci encore ! Sans toi, je ne sais pas ce qui aurait pu se passer... Surtout, ne t'inquiète pas, me dit-il en me caressant les cheveux. On va s'en sortir !

Je hochai la tête, dans un effort surhumain pour essayer de sourire.

— Je ne vais pas faire attendre Lothar plus longtemps. Adieu !

Il déposa un baiser sonore sur mon front et quitta la pièce.

Soudain, mon esprit s'embrouilla. J'aurais voulu lui dire tellement de choses, encore ! Que Mutti et moi avions enfin parlé, que je m'étais fait une nouvelle amie... Et surtout, surtout, que je ne l'oublierai jamais. De toute ma vie.

Un instant, j'eus l'envie folle d'ouvrir en grand la fenêtre, pour le rappeler. Mais non, pas avec tous les SS et les fidèles du parti nazi qui grouillaient dans les rues…

En silence, je suivis Kurt dans les escaliers et lui emboîtai le pas, le long de Lothringerstrasse. Des nuages sombres, annonçant la neige, s'étaient rassemblés dans le ciel glacé, au-dessus de la ville. Pourtant, la foule ne semblait pas souffrir du froid. Elle se réchauffait elle-même, en poussant son grand cri de haine qui appelait au rassemblement : «*Sieg Heil! Sieg Heil!*»

Avec toutes les difficultés du monde, je luttais pour retenir un profond sanglot. Heureusement, Kurt commença à me poser des tonnes de questions. «Depuis quand jouez-vous du piano ? Est-ce que vous allez vous inscrire à l'Académie ? C'est vous, la sœur de Johann Radky ?» Lui répondre m'obligeait à ne pas trop penser. Je lui en fus reconnaissante. Sans lui, c'est sûr, j'aurais fondu en larmes, en pleine rue, et les gens se seraient arrêtés pour me demander pourquoi je pleurais, en cette si belle nuit de l'avènement de Hitler à la tête de l'Autriche.

Les larmes attendraient.

***

15 mars 1939

Ce n'est que le lendemain soir, quand j'eus retrouvé un peu mes esprits, que je donnai mon petit concert privé à Mutti. Ce fut une soirée douce-amère.

Amère, parce que Herr Hummel était parti, que les Rosenwald ne reviendraient plus, et que dans les rues, les nazis continuaient de vociférer leurs cris de haine et d'entonner à tue-tête leurs chants fielleux.

Douce, parce que Mutti s'était assise derrière moi, et qu'elle m'écoutait, comme elle écoutait autrefois Johann, et parce que le professeur Haas était passé à la maison ce jour-là, pour m'annoncer que Herr Hummel était en sécurité à Prague.

Je ne jouai pas, cependant, les morceaux de mon récital. C'était trop dur de les entendre à nouveau, sans lui. Je n'en avais pas la force. Aussi, j'avais choisi d'interpréter Bach et Schumann. Et puis, je ne pouvais plus jouer la troisième Romance sans paroles *de Mendelssohn que j'avais commencé à déchiffrer : la partition était en mille morceaux, éparpillés autour du Bösendorfer qui devait désormais appartenir aux Allemands.*

Aujourd'hui, un an et deux jours plus tard, les

nazis ont entamé de nouvelles réjouissances. Les troupes de Hitler ont envahi la Tchécoslovaquie et hissé la svastika sur Prague. Et ce soir encore, je suis d'humeur douce-amère – parce que Herr Hummel a, de nouveau, réussi à leur échapper.

Nous nous sommes régulièrement écrit, ces derniers mois. De belles lettres, très réservées, car nous savions qu'elles pouvaient tomber dans les mains ennemies. Herr Hummel a trouvé un poste de professeur à l'Institut Curtis de Philadelphie, en Amérique. Il quittera la France au Havre, par bateau, la semaine prochaine. J'ai reçu hier une carte postale de la tour Eiffel, qu'il m'a envoyée de Paris. Il n'avait écrit que ces quelques mots : « En attendant. » Mais c'était tout ce que j'avais besoin de savoir : qu'il était sain et sauf, loin de Prague ; et qu'il n'oubliait pas notre promesse de nous revoir un jour, à l'Institut Curtis, où nous pourrions reprendre les leçons de piano. (Je retrouverais Erika, là-bas : j'ai vu sur la carte que New York n'était pas très loin de Philadelphie !)

Mutti et Frau Vogel ont décidé de quitter Vienne, elles aussi. Les femmes qui avaient insulté Mutti à la boutique des Rosenwald refusent désormais de passer commande chez elle, parce qu'elle travaillait, avant, pour des Juifs. Nous allons nous installer à Berne, en Suisse, où vivent des cousins à elle. Ils lui ont trouvé une place de chef des ateliers de couture, chez un tailleur réputé de la ville, et nous vivrons toutes les trois dans le meublé au-dessus de la boutique. Frau Vogel espère pouvoir s'acheter un petit fonds de commerce, et réaliser son rêve secret : ouvrir une pâtisserie.

Mutti est triste, bien sûr, parce que la tombe de Johann se trouve ici, à Vienne. Mais elle va beaucoup mieux, maintenant : elle n'a pratiquement plus de migraines. Elle dit que les fins de mois difficiles ne lui laissent pas le temps d'être malade. Et puis, il faut aussi préparer notre départ.

Quitter Vienne me fait de la peine, à moi aussi. Mes copines vont me manquer – en particulier Lore, qui est devenue ma meilleure amie. Mais sa famille a l'intention de partir vivre en Suisse, chez la tante de Lore, à Bâle. La famille de Käthe a prévu, elle, de s'établir à Londres. Celle de Hedi, en Irlande. Annemarie et Paula, elles, ont déjà quitté l'Autriche. Elles vivent en France, aujourd'hui. Même si je restais, mes amies ne seraient plus là, de toute façon. Alors, autant partir. D'ailleurs, depuis que les nazis ont pris

Vienne, je ne me sens plus chez moi. Le visage de la ville a changé : il s'est transformé en une cité de terreur et de haine.

Les gens disent que la guerre va éclater. Ils disent que Hitler ne peut pas continuer à marcher comme ça, indéfiniment, à travers l'Europe ; que sûrement, un jour, quelqu'un va se réveiller, et tenter de l'arrêter. Le jour où ça se produira, je serais bien contente d'être à l'abri, derrière le mur protecteur des montagnes, en Suisse.

Nous ne pourrons pas emporter beaucoup d'affaires avec nous, à Berne. Seulement quelques malles. Mais Mutti m'a promis que nous essaierions d'acheter un piano, sitôt que nous serons installées. Elle sait que je vais devoir travailler dur, si je veux, un jour, entrer à l'Institut Curtis. Je ne sais pas quel type de piano ce sera, droit, ou à queue. À queue, ça m'étonnerait, ça coûte trop cher. Et puis, nous n'aurons pas beaucoup de place, à trois dans un meublé.

Mais je sais une chose : au-dessus de ce piano flottera un petit ange de céramique bleue, aux ailes de papier doré qui frémiront de plaisir en m'écoutant.

Maurine F. Dahlberg

L'auteur est éditeur dans un Institut de recherche de la marine aux États-Unis. Elle a étudié le piano et joue de la flûte dans un orchestre. Elle vit aujourd'hui à Springfield en Virginie.

Myriam Borel

« J'ai eu beaucoup de plaisir à traduire ce roman, car le personnage principal ressemble beaucoup à l'une de mes amies d'enfance. Comme Nina, elle avait les joues rondes, de grandes tresses sages et une patience exemplaire. Elle étudiait le piano avec la même passion. Ses avis de petite fille modèle avait tendance à m'agacer un peu… Mais ce que j'aimais le plus chez elle, c'était cette révolte qui grondait sous la timidité. Oui, décidément, Nina lui ressemble beaucoup. Et c'est toute la magie du roman : faire ressurgir, parfois, à travers les traits d'un personnage, des images oubliées… »

Jean-Denis Pendanx

L'illustrateur de la couverture est né à Dax (dans les Landes) en 1966. Après des études d'arts graphiques à Toulouse et à Paris, il part quinze mois en coopération culturelle au Bénin. « L'illustration est pour moi un complément et une continuité à la bande dessinée, avec un avantage tout de même, celui de pouvoir changer d'univers, mais aussi de voir une idée prendre vite forme, ainsi que de tester diverses techniques de dessin et couleur. Ainsi, je réalise parallèlement des couvertures et illustrations pour les magazines Casus Belli, Player One, Sciences & Vie Junior. Je travaille en ce moment dans le dessin animé et réaliserai bientôt un vieux rêve : adapter en BD un roman policier se déroulant en Afrique noire. »

Castor Poche, des livres pour toutes les envies de lire: pour ceux qui aiment les histoires d'hier et d'aujourd'hui, ici, mais aussi dans d'autres pays, voici une sélection de romans.

832 Les insurgés de Sparte **Senior**
par Christian de Montella
À Sparte, la loi impose de n'avoir que des enfants vigoureux. L'un des jumeaux de Parthénia est si frêle qu'elle le confie en secret à une esclave émancipée. Mais les deux frères vont se retrouver et s'affronter...

831 Les disparus de Rocheblanche **Junior**
par Florence Reynaud
Au IXème siècle, les habitants de l'Aquitaine vivent dans la terreur des vikings, qui saccagent les villages et enlèvent les enfants... Eglantine et son petit frère sont ainsi vendus comme esclaves.

830 Chandra **Senior**
par Mary Frances Hendry
À onze ans, Chandra est mariée, suivant la tradition indienne, à un jeune garçon qu'elle n'a jamais vu. Après leur rencontre, ce dernier meurt brutalement: Chandra est accusée de lui avoir porté malchance.

829 Un chant sous la terre **Junior**
par Florence Reynaud
Isabelle a douze ans et doit travailler à la mine pour aider sa famille. Mais elle a un don, sa voix fait frémir d'émotion quiconque l'entend chanter. Une terrible explosion bloque Isabelle dans la mine, son don pourra-t-il alors la sauver ?

828 Léo Papillon **Junior**
par Lukas Hartmann
Léo, huit ans, souffre de sa maladresse. Il aimerait être léger et beau comme un papillon. Son rêve consiste alors à s'enfermer dans un cocon de fils multicolores, en attendant la métamorphose...

827 La chance de ma vie **Senior**
par Richard Jennings
Quand on a douze ans, recueillir un lapin blessé semble bien naturel, voir banal. Pourtant, Orwell est plus qu'un animal... c'est une chance !

825 Temmi au Royaume de Glace **Junior**
par Stephen Elboz
Les soldats de la Reine du Froid ont enlevé Cush, un ourson volant qui vit dans la forêt près de chez Temmi. Temmi les suit au Château des Glaces, où toute chaleur est proscrite. Mais des insoumis organisent une rébellion.

824 Les maîtres du jeu **Senior**
par Roger Norman
Edward a douze ans. Il découvre chez son oncle un jeu de société qui renferme un mystérieux secret. Il se retrouve plongé dans un terrible engrenage, où le jeu et la réalité se rejoignent.

823 Akavak et deux récits esquimaux **Senior**
par James Houston
Akavak, Tikta'Liktak et Kungo l'archer blanc sont esquimaux. Dans l'univers rigoureux du grand Nord, ces héros doivent lutter pour survivre : découvrez leurs trois aventures au pays des icebergs...

821 Ali Baba, cheval détective **Junior**
par Gisela Kaütz
Pendant une représentation du cirque Tenner, quelqu'un a dépouillé les spectateurs de leurs portefeuilles. Sarah, la fille du directeur, découvre le butin caché dans le box de son cheval Ali Baba. L'enquête est ouverte...

Cet
ouvrage,
le huit cent
soixante-et-unième
de la collection
CASTOR POCHE,
a été achevé d'imprimer
sur les presses de l'imprimerie
Maury Eurolivres
Manchecourt - France
en octobre 2002

Dépôt légal : janvier 2002.
N° d'édition : 0543. Imprimé en France.
ISBN : 2-08-16-0543-0
ISSN : 0763-4544
Loi n° 49-956 du 16 juillet 1949
sur les publications destinées à la jeunesse